Sur l'auteur

Né à Kyōto en 1949 et élevé à Kōbe, Haruki Murakami a étudié le théâtre et le cinéma, puis a dirigé un club de jazz, avant d'enseigner dans diverses universités aux États-Unis. En 1995, à la suite du tremblement de terre de Kōbe et de l'attentat du métro de Tōkyō, il décide de rentrer au Japon. Plusieurs fois pressenti pour le prix Nobel de littérature, Haruki Murakami a reçu le Yomiuri Literary Prize, le prix Kafka, le prix de Jérusalem pour la liberté de l'individu dans la société en 2009, le prix Hans-Christian-Andersen en 2016 et le prix Cino-Del-Duca en 2022. Tous ses romans sont disponibles chez Belfond et repris en poche par 10/18.

Du même auteur
aux Éditions 10/18

APRÈS LE TREMBLEMENT DE TERRE, n° 3379
AU SUD DE LA FRONTIÈRE, À L'OUEST DU SOLEIL, n° 3499
LES AMANTS DU SPOUTNIK, n° 3684
KAFKA SUR LE RIVAGE, n° 4048
LE PASSAGE DE LA NUIT, n° 4136
L'ÉLÉPHANT S'ÉVAPORE, n° 4213
LA BALLADE DE L'IMPOSSIBLE, n° 4214
SAULES AVEUGLES, FEMME ENDORMIE, n° 4318
AUTOPORTRAIT DE L'AUTEUR EN COUREUR DE FOND, n° 4420
SOMMEIL, n° 4493
1Q84, Livre 1, n° 4604
1Q84, Livre 2, n° 4605
1Q84, Livre 3, n° 4645
LES ATTAQUES DE LA BOULANGERIE, n° 4771
UNDERGROUND, n° 4693
CHRONIQUES DE L'OISEAU À RESSORT, n° 4819
L'INCOLORE TSUKURU TAZAKI ET SES ANNÉES DE PÈLERINAGE, n° 4968
L'ÉTRANGE BIBLIOTHÈQUE, n° 5134
ÉCOUTE LE CHANT DU VENT *suivi de* FLIPPER, 1973, n° 5161
DES HOMMES SANS FEMMES, n° 5349
BIRTHDAY GIRL, n° 5394
LE MEURTRE DU COMMANDEUR, Livre 1, n° 5486
LE MEURTRE DU COMMANDEUR, Livre 2, n° 5487
DE LA MUSIQUE, n° 5488
PROFESSION ROMANCIER, n° 5587
DANSE, DANSE, DANSE, n° 5610
LA COURSE AU MOUTON SAUVAGE, n° 5611
LA FIN DES TEMPS, n° 5612
PREMIÈRE PERSONNE DU SINGULIER, n° 5824
ABANDONNER UN CHAT, n° 5860

HARUKI MURAKAMI

PREMIÈRE PERSONNE DU SINGULIER

Nouvelles

Traduit du japonais
par Hélène Morita

10
18

BELFOND

Ce recueil de nouvelles se compose de huit nouvelles :
1. *On a Stone Pillow*
2. *Cream*
3. *Charlie Parker Plays Bossa Nova*
4. *With the Beatles*
5. *« The Yakult Swallows Poetry Collection »*
6. *Carnaval*
7. *Confessions of a Shinagawa Monkey*
8. *First Person Singular*

Certaines nouvelles ont d'abord paru dans des revues : *Cream* (*The New Yorker*, janvier 2019), *On a Stone Pillow* (*Freeman's*, octobre 2020), *Charlie Parker Plays Bossa Nova* (*Granta*, août 2019), *With the Beatles* (*The New Yorker*, février 2020) et *Confessions of a Shinagawa Monkey* (*The New Yorker*, juin 2020).

Titre original :
Ichininsho Tansu
publié par Bungeishunjū Ltd., Tokyo

ISBN : 978-2-264-08130-8
Dépôt légal : janvier 2023

1

Sur un oreiller de pierre

Ce dont je veux parler ici, c'est d'une jeune femme.

À vrai dire, je ne sais *absolument rien* d'elle. Je ne me souviens même pas de son nom ou de son visage. Et il y a tout à parier qu'elle non plus ne se rappelle ni mon nom ni mon visage.

Quand je l'ai rencontrée, j'étais étudiant en deuxième année à l'université, je n'avais pas encore vingt ans, et elle, dans les vingt-cinq, je pense. Nous faisions l'un et l'autre un petit job à temps partiel, au même endroit, aux mêmes horaires. Ce qui nous a conduits, un peu par hasard, à passer une nuit ensemble. Nous ne nous sommes plus jamais revus ensuite.

À l'époque de mes dix-neuf ans, j'ignorais à peu près tout de mes sentiments, de leurs fluctuations, et bien entendu j'étais encore plus fermé aux sentiments des autres. Malgré tout, je crois que j'étais capable de saisir ce qu'étaient la joie et la tristesse. Mais les innombrables nuances qui s'échelonnent entre la joie et la tristesse, je ne savais pas alors où les situer et je ne comprenais pas les rapports qu'elles entretenaient entre elles. Je me sentais donc souvent terriblement perturbé et impuissant.

Néanmoins, je voudrais raconter ma rencontre avec cette jeune femme.

Elle composait des *tankas*[1] et une anthologie de ses poèmes avait été publiée : c'est tout ce que je savais. Enfin, « anthologie », c'est peut-être beaucoup dire, il s'agissait d'un unique opuscule, sommairement relié, une auto-édition très rudimentaire. Malgré tout, quelques-uns de ces poèmes restèrent étrangement gravés en moi. La plupart de ces créations avaient trait à l'amour et à la mort. Comme si l'amour et la mort étaient indissociables et refusaient d'être séparés.

Toi et moi
Nous sommes donc
Si éloignés l'un de l'autre
Devrais-je m'élever
Jusqu'à Jupiter ?

Sur un oreiller de pierre
Je pose mon oreille
Et j'entends
Mon sang
Qui coule qui roule
Sans un son

« Dis, il se peut que je prononce le nom d'un autre

1. *Tanka* : littéralement « poème court », en deux parties, de trente et une syllabes. *(N.d.T.)*

homme au moment où je prends mon pied, ça ne t'embête pas ? » m'avait-elle demandé.

Nous étions tous les deux nus sous la couette.

« Non, pas spécialement », avais-je répondu, mais je n'en étais pas tout à fait certain. Après tout, pourquoi aurais-je dû m'en soucier ? Au fond, ce n'était qu'un nom. Et entre un nom et un autre, y a-t-il une grande différence ?

« Il est possible que je hurle…

— Ah, ça, c'est peut-être gênant », lui avais-je répliqué précipitamment.

En effet, j'habitais un vieil appartement en bois aux cloisons aussi minces que les gaufrettes d'autrefois. Si elle criait au milieu de la nuit, tout le voisinage en profiterait.

« Bon, alors, le moment venu, je pourrais mordre dans une serviette », avait-elle suggéré.

J'étais donc allé à la salle de bains lui chercher une serviette propre et solide, que j'avais posée sur la table de chevet.

« Comme ça, ça ira ? »

Elle avait mordillé la serviette à plusieurs reprises, comme un cheval qui essaie son nouveau mors. Puis elle avait opiné, l'air de dire, Oui, ça ira.

Notre relation était le fait du hasard. Je n'étais pas particulièrement attaché à elle, et elle, de son côté, n'était sans doute pas fan de moi (je crois). Cet hiver-là, nous avions travaillé dans le même restaurant, un italien sans prétention, non loin de Yotsuya, durant environ deux semaines, mais comme nos postes de travail étaient assez éloignés l'un de l'autre, je n'avais pas eu l'occasion d'avoir une véritable conversation avec elle. Je m'activais en cuisine, je faisais la vaisselle ou j'aidais les cuistots. Elle était serveuse. Tous les salariés à temps partiel étaient des étudiants, sauf elle. C'était peut-être la raison pour laquelle ses manières d'être étaient un peu différentes. Elle avait démissionné à la mi-décembre, et après la fermeture tout le monde était allé boire un verre dans un bistrot du coin. On m'avait invité aussi à me joindre au groupe. Ce n'était pas vraiment un pot de départ. On s'était contentés de boire des bières pendant une petite heure et, tout en discutant, de grignoter des crackers et autres snacks. J'avais appris à cette occasion qu'avant de travailler au restaurant elle avait été employée dans une agence immobilière et dans une librairie. Elle m'avait raconté qu'aucun de ces emplois ne lui avait convenu. Dans le restaurant italien, elle n'avait de problème avec personne, mais elle ne s'en sortait pas avec un salaire aussi misérable et, même si elle n'en avait aucune envie, elle devait chercher un nouveau job.

Quelqu'un lui avait demandé quel type de travail elle aurait bien aimé faire.

« Ça m'est complètement égal, avait-elle répondu en se frottant du doigt le côté du nez où l'alignement de deux petites taches de naissance évoquait une constellation. De toute façon, il n'y a aucun boulot génial. »

J'habitais alors à Asagaya et elle à Koganei. À la gare de Yotsuya, j'étais donc monté avec elle dans l'express de la ligne Chūo et je m'étais installé sur une banquette à son côté. Il était déjà plus de 23 heures et la nuit était froide, avec ce vent glacé spécial du début de l'hiver. Oui, on était brusquement passé à l'époque de l'année où il fallait des gants et une écharpe. À l'approche de la station d'Asagaya, je m'étais levé. Elle avait dirigé son regard vers moi.

« Tu penses que je pourrais rester avec toi cette nuit ? m'avait-elle demandé à voix basse.

— Bien sûr, mais pourquoi ?

— Parce que Koganei, c'est encore bien loin.

— Mais chez moi, c'est minuscule et plutôt encombré.

— Je m'en fiche. » Et elle avait attrapé la manche de mon manteau.

Je l'avais donc emmenée dans mon appartement miteux et invitée à partager une bière. Elle avait bu lentement, j'en avais fait autant. Après ces longs préliminaires, hop hop, elle s'était déshabillée devant moi en un tournemain, très naturellement, et toute nue, elle s'était glissée sous ma couette. Je l'avais imitée et m'étais coulé à mon tour dans le lit. J'avais éteint la lumière mais la flamme du poêle à gaz éclairait la pièce. Maladroitement, nos corps avaient tenté de se réchauffer mutuellement. Nous nous étions tus pendant un bon moment. Notre nudité soudaine nous avait sans doute empêchés de parler. Puis, peu à peu, nos deux corps s'étaient sentis ragaillardis par la chaleur partagée, et leur raideur, littéralement, s'était attendrie. Une sensation de très étrange intimité. C'est alors qu'elle avait eu ces mots :

« Dis, il se peut que je prononce le nom d'un autre homme au moment où je prends mon pied, ça ne t'embête pas ? »

« Cet homme, est-ce que tu l'aimes ? lui demandai-je en lui donnant la serviette.

— Oui, énormément, répondit-elle. Je l'aime à la folie. Il ne me sort pas de la tête. Mais de son côté, il ne m'aime pas. D'ailleurs, il a une copine.

— Pourtant, vous sortez ensemble ?

— Ouais, quand il a envie de moi, il me passe un coup de fil. Comme lorsqu'on commande une livraison par téléphone. »

Je ne savais pas quoi dire. Je demeurai silencieux. Du bout des doigts, elle traça longuement sur mon dos je ne sais quels motifs. Ou bien peut-être calligraphiait-elle des idéogrammes en écriture cursive.

« Il dit que mon visage est moche mais que je suis bien foutue. »

Je ne la trouvais pas spécialement *moche*, mais il aurait été difficile de la qualifier de jolie. À présent, je ne me souviens plus du tout de son visage, et j'ai du mal à la décrire.

« Et quand il t'appelle, tu y vas ?

— Eh oui, je l'aime, j'y peux rien, répondit-elle, comme si c'était une évidence. Pourtant, parfois j'ai envie d'être dans les bras d'un homme, et peu importe ce que racontent les gens. »

Je réfléchis un instant à ses paroles. À cette époque, il m'était impossible d'imaginer concrètement ce qu'une femme voulait dire en avouant qu'elle voulait être parfois dans les bras d'un homme. (En y repensant, je crois bien que maintenant encore, je l'ignore.)

« Aimer quelqu'un, c'est comme être atteint d'une

maladie mentale que l'assurance maladie ne prend pas en charge, énonça-t-elle d'une voix plate, comme si elle lisait une affiche sur un mur.

— Oh, fis-je, ébranlé.

— C'est pourquoi ça ne me gêne pas que tu penses à quelqu'un d'autre. T'es amoureux, là maintenant ?

— Oui.

— Alors tu pourras crier son nom quand tu te sentiras décoller. Ça ne me fait rien. »

J'étais en effet amoureux d'une femme à l'époque, mais certaines circonstances m'avaient empêché d'approfondir notre relation. Je me suis interrogé. Devais-je crier son nom ? Finalement, cela me parut ridicule et j'éjaculai en silence dans cette autre femme. Avant qu'elle ait pu hurler le nom de l'homme qu'elle aimait, je m'étais dépêché de coincer avec force la serviette entre ses dents. Des dents saines et solides qui auraient impressionné un dentiste. Je ne sais plus quel était le nom de l'homme, sinon qu'il était tout à fait courant et banal. Mais que ce nom tellement commun ait eu une si grande signification pour elle m'avait stupéfié, et cela, je m'en souviens très bien. Un simple nom peut parfois être source d'un intense bouleversement.

Le lendemain matin, je devais me rendre très tôt à l'université pour remettre un exposé important comptant pour l'examen de mi-parcours. Bien entendu, je manquai cette convocation (ce qui généra plus tard toutes sortes de problèmes, mais cela est une autre histoire). Car je ne me réveillai, tout comme elle, que peu avant midi. Je fis chauffer de l'eau pour nous préparer du café instantané. Et griller des toasts. Il restait aussi des œufs dans le frigo. Je les fis cuire au plat afin d'accompagner nos tartines. Il n'y avait pas un seul nuage dans le ciel limpide, une éblouissante lumière matinale envahissait toute la pièce.

Alors qu'elle beurrait un toast, elle voulut savoir quelle faculté je fréquentais. La fac de littérature, lui répondis-je.

Parce que j'espérais devenir écrivain ?

Pour être honnête, je ne crois pas, lui dis-je. À l'époque, ce n'était absolument pas mon intention. Je n'y avais même jamais songé (pourtant, dans ma classe, il y avait une flopée d'étudiants qui prétendaient être romanciers). Ma réponse parut lui faire perdre tout intérêt à mon égard. Même si, dès le début, elle ne m'avait guère témoigné de curiosité.

Dans la lumière vive du matin, il y avait quelque chose d'étrange à contempler la serviette sur laquelle s'était distinctement imprimée la marque de ses dents. Elle avait dû la mordre très fort. En plein jour, cette femme m'apparut tout à fait autre. J'avais bien du mal à croire que la petite créature maigre qui se trouvait sous les yeux était celle-là même qui avait gémi d'extase dans mes bras, alors que s'insinuait par la fenêtre la clarté lunaire de l'hiver.

« J'écris des *tankas*, dit-elle soudain.

— Des *tankas* ?

— Tu sais ce que c'est, tout de même ?

— Bien sûr. » Naturellement, malgré mon ignorance, j'avais une idée de ce qu'étaient ces poèmes courts. « Mais à bien y réfléchir, c'est la première fois que je rencontre quelqu'un qui compose des *tankas*. »

Elle rit gaiement.

« Tu vois, ces oiseaux rares existent réellement.

— Tu fais partie d'un club ?

— Oh non, pas du tout, dit-elle en haussant les épaules. Tu comprends, le *tanka*, on le compose seul. Ce n'est pas comme jouer au basket.

— Et tu écris quelle sorte de poèmes ?

— Tu veux que je t'en dise un ? »

J'acquiesçai.

« Vraiment ? Ou tu dis ça par politesse ?

— Non, c'est vrai. »

J'étais sincère. J'étais véritablement curieux de savoir quel poème réciterait cette femme qui, quelques heures plus tôt, haletait dans mes bras en prononçant le nom d'un autre homme.

« Non, déclara-t-elle finalement après avoir hésité un instant, cela me gêne trop de le dire devant toi, là, maintenant, si tôt le matin, non, je ne peux pas. Si tu désires vraiment lire mes poèmes, je t'enverrai plus tard le recueil qui a été publié. Indique-moi tes coordonnées. »

Je griffonnai mon nom et mon adresse sur une feuille de bloc-notes. Elle jeta un coup d'œil dessus puis plia le papier en quatre et le glissa dans la poche de son manteau. Un vêtement vert clair, assez fatigué, sur le col rond duquel était fixée une broche en argent en forme de muguet. Je me souviens que le bijou brillait dans les rayons de soleil qui traversaient la fenêtre orientée au sud. Je n'y connais rien en matière de fleurs, mais pour une raison mystérieuse, j'ai toujours aimé le muguet.

« Merci de m'avoir hébergée cette nuit. Je n'avais

vraiment pas du tout envie d'aller seule jusqu'à Koganei, me dit-elle en sortant de chez moi. Les femmes, tu comprends, ont parfois ce genre d'humeur. »

À ce moment-là, nous le savions très bien, elle comme moi. Nous ne nous reverrions plus. Simplement, elle n'avait pas voulu rester seule dans le train jusqu'à Koganei – voilà, c'était tout, et rien d'autre.

Une semaine plus tard, je reçus par la poste son anthologie. Pour être franc, je ne m'attendais pas à ce qu'elle me l'envoie. Je pensais qu'elle m'aurait oublié (ou qu'elle aurait souhaité m'oublier aussi vite que possible) dès qu'elle serait arrivée chez elle à Koganei. Et pourtant, elle avait bien glissé son livret dans une enveloppe, sur laquelle elle avait collé un timbre, elle avait écrit mon nom et mon adresse dessus, et elle avait jeté le pli dans une boîte aux lettres. Ou même elle avait peut-être pris la peine d'aller jusqu'à un bureau de poste pour le déposer en personne. Je fus donc très surpris de découvrir un matin son envoi dans ma boîte aux lettres.

Le titre de son recueil était : *Sur un oreiller de pierre*. Comme nom d'auteur, un seul mot : « Chiho ». Était-ce un nom de plume ou son vrai nom ? Au restaurant, je l'avais forcément entendu, mais je ne m'en souvenais pas. Cependant, j'étais sûr que ce n'était pas Chiho. L'enveloppe en papier kraft, de type administratif, ne faisait pas mention de l'expéditeur, ni de son adresse. Elle contenait seulement le livret, sans une carte, sans une lettre. Juste le mince recueil dont les feuillets étaient cousus ensemble par un cordonnet de soie blanc. Le papier était épais, de qualité supérieure, et l'impression avait dû être réalisée par un professionnel. Sans doute Chiho avait-elle empilé les unes sur les autres les pages imprimées, puis elle avait disposé autour la couverture de carton fin et, enfin, elle avait soigneusement cousu le tout elle-même, afin d'économiser le coût de la reliure. Je tentai de l'imaginer, silencieuse, solitaire, occupée à ce travail d'aiguille (sans y parvenir vraiment, je l'avoue). La première page portait un tampon avec le numéro 28. J'avais donc sous les yeux l'exemplaire numéro 28 d'une édition limitée. Combien y en avait-il au total ? Nulle part ne figurait de prix. Il était probable qu'il n'y en avait jamais eu.

Je n'ouvris pas le livret tout de suite. Je me contentai de le laisser sur ma table un certain temps et de jeter parfois un coup d'œil sur la couverture. Non par manque d'intérêt, mais j'avais le sentiment qu'il me fallait procéder à une sorte de préparation mentale avant de découvrir les écrits de quelqu'un, et surtout les poèmes d'une femme avec laquelle, une semaine plus tôt, j'avais eu une relation charnelle. Peut-être était-ce une sorte de courtoisie. Ce ne fut qu'à la fin de la semaine, le soir, que je me décidai à ouvrir le recueil. Appuyé contre la fenêtre, je le lus aux lueurs du crépuscule hivernal. Il contenait quarante-deux poèmes, un par page. Il n'y avait ni préface ni postface, pas non plus de date de publication, seulement les *tankas* dont les caractères noirs se détachaient hardiment sur les pages d'un blanc immaculé.

Bien entendu, je ne m'attendais pas à un chef-d'œuvre littéraire. Comme je l'ai déjà dit, j'étais mû avant tout par une curiosité personnelle. Je me demandais quels pourraient être les poèmes composés par une femme capable de hurler à mon oreille le nom d'un autre homme tout en mordant une serviette. Mais, à mesure que j'avançais dans ma lecture, je constatais que j'étais charmé par plusieurs de ces poèmes.

Je n'avais aucune connaissance en matière de *tankas* (et aujourd'hui encore, cela n'a guère changé). Aussi m'était-il impossible de porter un jugement objectif et de déclarer lesquels étaient réussis, lesquels ne l'étaient pas. Pourtant, en mettant de côté tout critère littéraire, certains me parurent meilleurs que d'autres, huit d'entre eux en particulier. Ils possédaient un quelque chose de très spécial, qui me toucha au plus profond de moi.

Par exemple, celui-ci :

Si maintenant
est maintenant
et moi incapable
de m'échapper
de ce maintenant
ne reste que
maintenant

Dans le vent de la montagne
décapité sans un mot
au pied de l'hortensia
l'eau de juin

Étrangement, alors que je feuilletais le livret et que je me laissais guider par les grands caractères d'un noir intense, puis que je les lisais à haute voix, le corps de cette femme m'apparut en esprit, son corps tel que je l'avais vu cette nuit-là. Non pas sa silhouette peu flatteuse dans la lumière éblouissante du lendemain matin, mais son corps lustré sous la clarté lunaire, que j'avais tenu entre mes bras. Ses seins ronds aux jolies formes, ses petits mamelons durcis, sa légère toison pubienne noire et son intimité très humide. Je me souvenais comment, durant l'orgasme, elle mordait la serviette, les yeux clos, et criait encore et encore le nom de l'autre homme. Un nom banal à pleurer, que j'ai oublié à tout jamais.

À la pensée
de ne plus te revoir
je pense
non non
comment faire autrement
que de te revoir

Nous revoir
juste comme ça
est-ce vraiment fini ?
Emportés par la lumière
Piétinés par les ombres ?

Continue-t-elle aujourd'hui à écrire des poèmes ? Bien sûr, je l'ignore. Comme je l'ai déjà noté, je ne me souviens plus du nom de cette femme, et à peine de son visage. Tout ce qui me reste en mémoire, c'est le nom Chiho sur la page de garde du recueil de poèmes et, dans les lueurs blanches de la lune d'hiver qui filtraient par la fenêtre, son corps doux, sans défense, et puis ses deux marques de naissance alignées sur son nez telle une constellation.

Je me demande parfois si elle est encore en vie. Et je ne peux m'empêcher de penser qu'à un moment donné elle s'est donné la mort. Car nombre de ses poèmes, du moins beaucoup de ceux qui figurent dans la petite anthologie, tournent autour du thème de la mort. Et pour une raison qui m'est inconnue, autour de la décapitation. Peut-être était-ce pour elle l'image par excellence de la mort.

Au long de l'après-midi
la pluie s'épanche
une hache anonyme
décapite
le crépuscule

Pourtant j'espère de tout mon cœur qu'elle est toujours en vie quelque part dans ce monde. Qu'elle est vivante et qu'elle écrit encore des poèmes. Pourquoi ? Pourquoi est-ce que je spécule ainsi ? Alors que rien sur cette terre ne relie son existence à la mienne. Nous pourrions nous croiser dans la rue ou être assis à des tables voisines dans une cafétéria et (sans doute) ne même pas nous reconnaître. Nous avions vécu un bref moment d'intimité, comme deux lignes droites qui se rencontrent en un point donné pour se séparer aussitôt.

Bon nombre d'années se sont écoulées depuis. Il semble étrange (ou peut-être qu'après tout, non, cela n'a rien de curieux), mais il suffit d'un battement de paupières, et les hommes vieillissent. À chaque instant, nos corps, sans espoir de retour, s'en vont vers l'anéantissement. À peine a-t-on fermé les yeux, puis les a-t-on rouverts, que bien des choses ont disparu (certaines avaient un nom, d'autres pas). Soufflées par les vents violents de la pleine nuit, elles ont été emportées quelque part sans laisser de trace. Il n'en subsiste qu'un frêle souvenir. Mais non, on ne peut pas compter sur les souvenirs non plus. Qui pourrait affirmer avec certitude ce qui nous est *vraiment* arrivé par le passé ?

Cependant, si nous avons de la chance, demeureront parfois quelques mots à nos côtés. Dans les profondeurs de la nuit, ils graviront la colline, se faufileront dans de petites cavités adaptées à leur morphologie et effaceront tout signe de leur présence en laissant souffler bien loin les vents sauvages du temps. Et lorsque, à l'aube, la tempête aura enfin cessé, les mots survivants réapparaîtront secrètement à la surface de la terre. Généralement calmes, timides, ne disposant que de moyens d'expression ambigus, ils sont toutefois prêts à témoigner. En témoins honnêtes et impartiaux. Seulement, pour forger des mots aussi persévérants, ou les découvrir et les abandonner, il faut un dévouement inconditionnel, qui vous engage corps et âme. Et pour cela, poser le cou sur un oreiller de pierre glacée, illuminé par le clair de lune hivernal.

Peut-être n'y a-t-il personne d'autre que moi dans ce monde qui se souvienne des poèmes de cette jeune femme, et sûrement personne qui soit capable de les réciter. Il est possible que cette toute petite édition cousue main, à l'exception de l'exemplaire portant le numéro 28, soit à présent oubliée de tous, ou bien qu'elle ait été engloutie dans les ténèbres, quelque part entre Jupiter et Saturne. Il n'est pas non plus invraisemblable que cette femme (si elle est encore en vie) ait elle-même oublié les poèmes écrits dans sa jeunesse. Peut-être que de mon côté je me les rappelle encore uniquement parce qu'ils sont liés pour moi au souvenir de la marque de ses dents sur la serviette qu'elle avait mordue cette nuit-là. Et, pour que cette scène ne s'efface pas de ma mémoire, je sors parfois le mince opuscule décoloré de mon tiroir et je le relis. J'ignore quel sens ou quelle valeur je devrais accorder à cela. Je ne sais pas. Honnêtement, je ne sais pas.

En tout cas, cela est demeuré. Les autres mots, les autres pensées, tous et toutes ont disparu, sont devenus poussière.

Décapiter ou
être décapité
poser la nuque
sur un oreiller de pierre,
pffft ! et devenir poussière

2

La crème de la crème

J'ai raconté un jour à un ami, plus jeune que moi, un étrange incident qui m'est arrivé quand j'avais dix-huit ans. Je ne me souviens plus vraiment pour quelle raison je lui en ai parlé, ce qui m'a poussé à me confier à lui. D'autant plus que je n'ai jamais réussi à tirer de cet épisode la moindre conclusion. Tout cela remonte à un passé si lointain ! À la préhistoire, pour ainsi dire.

J'avais alors achevé mes années de lycée, lui expliquai-je pour commencer, et j'étais ce que l'on appelle un étudiant *rônin*, un de ceux qui ont échoué aux concours d'entrée à l'université et qui doivent patienter pour retenter leur chance. Je me trouvais donc dans une sorte de parenthèse, situation qui ne me pesait pas spécialement. Je savais que si je visais une université privée de niveau moyen, je pourrais l'intégrer sans problème. Seulement, mes parents voulaient mordicus que j'entre dans une université d'État, et j'avais donc tenté le concours, en sachant pertinemment que ce serait un fiasco. Et en effet, j'avais échoué. Le concours d'entrée dans les universités d'État comportait à l'époque une épreuve de mathématiques obligatoire, et les chiffres et moi, nous étions fâchés. J'ai donc passé l'année suivante à tuer le temps. Au lieu d'aller aux cours de bachotage pour me préparer à repasser le concours, je traînais à la bibliothèque de mon quartier, à me repaître d'épais romans. Mes parents devaient supposer que j'étudiais. Mais, en vérité, je trouvais beaucoup plus excitant de dévorer tout Balzac que de plonger dans les principes mathématiques.

Au début du mois d'octobre de cette année-là, je reçus une invitation pour un récital de piano. Elle provenait d'une fille (d'un an plus jeune) qui avait pris des cours de piano avec le même professeur que moi. Une fois, nous avions joué ensemble une courte pièce à quatre mains de Mozart. À seize ans, j'avais arrêté cet apprentissage et ensuite je ne l'avais plus revue. J'étais donc bien en peine de comprendre pourquoi elle m'avait envoyé cette invitation. Est-ce que je l'aurais intéressée ? Cela me paraissait hautement improbable. De mon côté, je la trouvais attirante, mais elle n'était pas mon style ; elle était toujours habillée à la dernière mode et fréquentait une école privée de jeunes filles hors de prix. Pas du tout du genre à tomber amoureuse d'un type insipide et banal comme moi.

Quand nous avions joué ce morceau à quatre mains, elle m'avait jeté un regard furibond à chacune de mes fausses notes. Comme elle jouait mieux que moi, sa présence à mon côté me rendait nerveux, et j'avais raté beaucoup de notes. Je lui avais donné aussi quelques coups de coude. Ce n'était pourtant pas un morceau très difficile, et j'avais en outre hérité de la partie la plus simple. Résultat, elle affichait en permanence une expression douloureuse, comme pour dire : « Par pitié ! » et elle faisait claquer sa langue – pas très fort, mais assez pour que je le perçoive. Je peux encore entendre ce son, même aujourd'hui. Il n'est d'ailleurs pas impossible que ce claquement sec ait quelque chose à voir avec ma décision d'abandonner le piano. En tout cas, ma relation avec elle s'était bornée à ces leçons, voilà tout. Nous nous disions bonjour lorsque nous nous rencontrions à l'école de musique, mais je ne me souviens d'aucun échange personnel. Donc, cette invitation inopinée à son concert (elle ne s'y produirait pas en solo, il y aurait trois pianistes) me prit complètement au dépourvu – c'était bien la dernière chose à laquelle je m'attendais. Mais ce que j'avais en surabondance cette année-là, c'était le temps. J'ai donc renvoyé la carte-réponse pour confirmer ma présence. Pourquoi ai-je agi ainsi ? J'avais vraiment envie de savoir ce qui se cachait là-derrière – en admettant qu'il y ait eu une raison. Pourquoi, après tout ce temps, m'envoyer brusquement cette invitation ? Peut-être voulait-elle me montrer ses talents de pianiste. Ou peut-être avait-elle quelque chose à me dire, quelque chose de personnel. Autrement dit, ma curiosité me tourmentait et mille suppositions tournoyaient dans ma tête.

La salle du récital se situait sur l'une des montagnes de Kōbe. Je pris la ligne de train Hankyū jusqu'à la station, puis empruntai un bus qui gravissait une route escarpée et sinueuse. Je descendis à l'arrêt le plus proche du sommet et, après une courte marche, je parvins à l'auditorium, qui appartenait à un énorme conglomérat d'affaires. J'ignorais qu'il existait une salle de concerts dans un tel endroit si mal desservi, au sommet d'une montagne, dans un quartier résidentiel chic et endormi. Comme tu l'imagines, ai-je expliqué à l'ami à qui je racontais cette histoire, il y avait beaucoup de choses dans le monde que je ne connaissais pas.

Afin de ne pas arriver les mains vides, j'avais choisi, dans une boutique près de la gare, des fleurs qui me semblaient convenir pour l'occasion. Le bus était arrivé juste après et j'avais sauté à bord. C'était un dimanche après-midi frais. Le ciel était couvert d'épais nuages gris et on aurait dit qu'une pluie froide pouvait tomber d'un instant à l'autre. Il n'y avait pas de vent, cependant. Je portais un pull fin et uni sous une veste grise à chevrons avec une touche de bleu, et un sac de toile en bandoulière. La veste était trop neuve, le sac, trop vieux et usé. Et dans mes mains trônait ce bouquet criard de fleurs rouges enveloppé de cellophane. Ainsi paré, j'attirais les regards amusés des autres passagers. Ou du moins c'est l'impression que j'eus. Je sentis mes joues s'empourprer. À l'époque, je rougissais à la moindre occasion. Et la rougeur mit une éternité à disparaître.

Pourquoi diable suis-je ici ? me demandai-je, alors que, assis penché en avant sur mon siège, je tentais de rafraîchir avec mes paumes mes joues écarlates.

Mais enfin, pourquoi ? Pour une fille que je n'avais pas envie de voir ou un récital que je n'avais pas envie d'écouter, pourquoi est-ce que je gaspillais mes économies avec ce bouquet, pourquoi est-ce que je me traînais jusqu'au sommet d'une montagne un morne dimanche après-midi de novembre ? Qu'avais-je donc en tête quand j'avais glissé la carte-réponse dans la boîte aux lettres ?

Plus nous montions la côte, moins il y avait de passagers dans le bus, et au moment où nous arrivâmes à mon arrêt, il ne restait plus que le chauffeur et moi. Je descendis du bus et, selon les instructions notées sur l'invitation, je suivis une rue en pente douce. Chaque fois que je tournais à un coin, le port apparaissait brièvement pour s'évanouir aussitôt. Le ciel donnait à la mer des nuances métalliques, comme une couverture de plomb. Dressés en l'air, les bras mécaniques des gigantesques grues évoquaient les antennes de créatures monstrueuses qui auraient rampé hors de l'océan.

Près du sommet, les maisons étaient vastes, luxueuses, murs en pierre massive, portes d'entrée impressionnantes et garages pour deux voitures. Les haies d'azalées étaient toutes bien taillées. J'entendis ce qui ressemblait au hurlement d'un chien énorme. L'animal aboya furieusement trois fois, puis, comme si quelqu'un l'avait grondé, il s'arrêta d'un coup et le silence se fit.

Tandis que je suivais le plan qui figurait sur le carton d'invitation, un vague mais funeste pressentiment s'insinua peu à peu en moi. Quelque chose n'allait pas. Et pour commencer, l'absence de piétons dans la rue.

Depuis que j'avais quitté le bus, je n'en avais pas vu un seul. Deux voitures étaient passées, mais dans le sens de la descente. Si un récital était vraiment sur le point d'avoir lieu, il aurait dû y avoir du monde. Le quartier entier cependant était figé, silencieux, comme si les nuages épais dans le ciel avaient englouti tous les sons.

Avais-je mal compris ? Je sortis l'invitation de la poche de ma veste pour revérifier les informations. Peut-être l'avais-je lue de travers. Je l'examinai attentivement, mais ne trouvai rien à redire. C'était la bonne rue, le bon arrêt de bus, la bonne date, la bonne heure. Je pris une profonde inspiration pour me calmer et repartis. La seule chose à faire était d'aller à l'endroit convenu, et une fois sur place, je verrais bien.

Quand je parvins enfin au lieu indiqué, je me retrouvai devant un portail massif en acier au verrou duquel pendait une lourde chaîne maintenue en place par un gros cadenas. Il n'y avait personne. À travers une fente étroite dans le portail, j'aperçus un vaste parking, mais pas l'ombre d'une voiture. Des mauvaises herbes avaient poussé entre les pavés et le parking semblait ne pas avoir été utilisé depuis longtemps. Malgré tout, la grande plaque sur un côté du portail indiquait que c'était bien la salle que je cherchais.

J'appuyai sur le bouton de l'interphone, mais personne ne répondit. J'attendis un peu, appuyai de nouveau. Toujours aucune réponse. Je regardai ma montre. Le récital devait commencer quinze minutes plus tard. Pourtant, rien ne montrait que le portail s'ouvrirait. Il était un peu rouillé et la peinture s'écaillait par endroits. N'ayant pas de meilleure idée, je pressai une fois de plus le bouton de l'interphone, en le maintenant enfoncé plus longtemps, mais le résultat fut identique, un silence profond.

À ce stade, que faire ? Je m'adossai au lourd portail et restai là une dizaine de minutes. Avec le faible espoir de voir quelqu'un arriver. Mais non, personne ne vint. Je ne perçus aucun signe de mouvement, ni à l'intérieur ni à l'extérieur du portail. Il n'y avait pas de vent. Pas de chants d'oiseaux, pas d'aboiements. Et le ciel ne laissait toujours paraître qu'une couverture opiniâtre de nuages gris.

Finalement, j'abandonnai – avais-je un autre choix ? – et, à pas pesants, je redescendis la rue vers l'arrêt de bus, totalement déboussolé. La seule chose claire pour moi était qu'il n'y aurait pas de récital de piano ce jour-là, ni rien du même genre. Il ne me restait qu'à rentrer chez moi, bouquet de fleurs rouges à la main. Ma mère demanderait à coup sûr : « Pourquoi ces fleurs ? », et il me faudrait trouver une réponse plausible. J'eus la tentation de les jeter à la poubelle de la gare, mais elles m'avaient coûté trop cher pour être ainsi gaspillées.

Un peu plus bas sur la route, il y avait un joli square, pas plus grand que le jardin d'un particulier. Clos en amont par une paroi de pierres lisses. C'était à peine un parc, il ne comportait ni fontaine ni équipements de jeux. Au milieu, seulement un petit kiosque, aux parois en treillis couvertes de lierre, entouré de buissons. Des dalles carrées étaient disposées sur le chemin qui y conduisait. Je ne savais pas dans quel but ce jardinet avait été aménagé, mais quelqu'un semblait en prendre soin régulièrement ; les arbres et les haies étaient bien taillés, il n'y avait ni mauvaises herbes ni détritus. Un peu plus tôt, en montant vers l'auditorium, je l'avais dépassé sans le voir.

Je pénétrai dans le petit parc pour mettre de l'ordre dans mes pensées et je m'assis sur un banc adossé au kiosque. Mieux vaut attendre encore un peu, me dis-je. Peut-être se passera-t-il quelque chose ? Peut-être quelqu'un apparaîtra-t-il ? À peine assis, je pris conscience de mon extrême degré de fatigue. Je me sentais étrangement épuisé, comme si j'étais exténué depuis bien des jours sans l'avoir remarqué. Et là, soudain, je m'en apercevais. Depuis ce banc près du kiosque, on jouissait d'une vue panoramique sur le port. De grands porte-conteneurs étaient amarrés à un quai. Vus de si haut, les gros conteneurs métalliques empilés ressemblaient à ces petites boîtes que l'on garde sur son bureau pour y mettre des pièces de monnaie ou des trombones.

Au bout d'un moment, j'entendis la voix d'un homme au loin. Amplifiée par un haut-parleur. Je ne pouvais pas comprendre ce qui se disait, mais il y avait une longue pause après chaque phrase et la voix articulait tous les mots clairement, sans émotion, comme si elle essayait de transmettre quelque chose de la plus haute importance, avec le plus d'objectivité possible. Il me vint alors à l'esprit que ce message m'était adressé personnellement. À moi, et à moi seul. Quelqu'un tenait à me dire où je m'étais trompé, ce que j'avais manqué. Jamais je n'aurais eu pareille pensée en temps normal, mais pour une raison obscure, cela me parut plausible. Je tendis l'oreille. La voix devenait de plus en plus forte, plus audible. Elle devait provenir d'un haut-parleur installé sur le toit d'un véhicule qui remontait lentement la pente (et ne semblait pas pressé). Puis je compris enfin qu'il s'agissait d'une voiture diffusant un message chrétien.

« Tout le monde mourra, psalmodiait la voix blanche et monocorde. Chacun de nous disparaîtra. Personne au monde ne pourra échapper à la mort. Après la mort, chacun sera sévèrement jugé pour ses péchés. »

J'étais assis là sur le banc, à écouter ce message. Je trouvai étrange que l'on se livre à du prosélytisme au sommet d'une montagne, dans cette zone résidentielle déserte. Les habitants de ce lieu possédaient tous plusieurs voitures, ils étaient fortunés. Je doutais qu'ils cherchent à être sauvés de leurs péchés. Ou peut-être que si, après tout ? Il est possible que le revenu et le statut social n'aient aucun rapport avec les péchés et le salut.

« Mais tous ceux qui sont en quête du salut en Jésus-Christ et se repentent de leurs errements verront leurs péchés absous par le Seigneur. Ils échapperont aux feux de l'enfer. Croyez en Dieu, car seuls ceux qui croient en Lui parviendront au salut après la mort et se verront octroyer la vie éternelle. »

J'attendis que le véhicule du prédicateur apparaisse dans la rue devant moi et en dise davantage sur le jugement après la mort. J'espérais sans doute entendre des mots prononcés d'une voix rassurante et résolue, et peu importait leur teneur. Mais aucune voiture ne se matérialisa. Et, alors que je croyais qu'elle se rapprochait, à un certain moment, la voix devint soudain plus faible, moins distincte, jusqu'à ce que je n'entende plus rien. La voiture avait dû tourner dans une autre direction, loin de moi. Lorsque la voix s'évanouit, j'eus l'impression que le monde m'avait abandonné.

Une pensée subite me traversa l'esprit : peut-être que tout cela était un canular concocté par la fille. Cette idée – ou cette intuition, devrais-je dire – jaillit de nulle part. Pour une raison qui me restait inintelligible, cette fille m'avait délibérément donné de fausses informations et m'avait entraîné au sommet d'une montagne isolée un dimanche après-midi. Peut-être avait-elle nourri contre moi une haine féroce. Ou peut-être, sans raison particulière, m'avait-elle trouvé antipathique, voire insupportable. Alors elle m'avait envoyé une invitation pour un récital inexistant, et maintenant elle jubilait de m'avoir dupé – imaginant à quel point je devais avoir l'air pathétique et ridicule dans mes déambulations. Et elle s'en étranglait de rire.

Bon, d'accord, mais cela valait-il la peine de fignoler un stratagème aussi compliqué juste pour m'ennuyer ? Ne serait-ce que faire imprimer ce carton d'invitation avait dû demander un certain effort. Pouvait-on vraiment être aussi pervers ? Avais-je un jour fait quoi que ce soit qui mérite une haine pareille ? Je ne m'en souvenais pas. Parfois cependant, sans même nous en rendre compte, nous piétinons les sentiments des autres, nous blessons leur fierté, nous les faisons souffrir. Je tentai donc de comprendre ce qui avait pu être à l'origine de son ressentiment à mon égard – un malentendu n'était pas à exclure –, mais je ne trouvai rien de convaincant. Et alors que j'errais sans succès dans ce labyrinthe d'émotions, je sentis mon esprit se perdre, se déliter. Soudain, j'eus du mal à respirer.

Cela m'arrivait une ou deux fois par an à l'époque. Je devais souffrir d'hyperventilation induite par le stress. Lorsque quelque chose me troublait, ma gorge se serrait et l'air n'entrait plus suffisamment dans mes poumons. J'étais gagné par la panique, comme englouti par une vague violente, au point de perdre le contrôle de mes mouvements. Dans ces instants-là, tout ce que je pouvais faire, c'était m'accroupir, fermer les yeux et attendre patiemment que mon corps retrouve ses rythmes normaux. En vieillissant, ces symptômes disparurent (et, à un moment donné, je cessai de rougir aussi facilement), mais à l'adolescence, j'étais souvent en proie à ces tourments.

Sur le banc près du kiosque, je fermai fort les yeux, me penchai en avant et j'attendis d'être libéré de cette espèce de paralysie. Cela dura cinq minutes, peut-être quinze. Je ne sais pas combien de temps. Ce faisant, je contemplai des figures étranges qui apparaissaient et disparaissaient dans l'obscurité, et je les comptai lentement, en m'efforçant de reprendre le contrôle de ma respiration. Mon cœur battait à un rythme affolé dans ma cage thoracique, comme si une souris terrifiée courait à l'intérieur.

Je me concentrais tellement sur ce comptage qu'il me fallut un bon moment pour sentir une présence devant moi. Quelqu'un m'observait. Prudemment, j'ouvris peu à peu les yeux et je relevai la tête d'un cran. Mon cœur battait toujours très fort.

Un vieil homme s'était installé sur le banc en face de moi, il me regardait droit dans les yeux. Pour un jeune homme comme je l'étais alors, il n'est pas facile d'évaluer l'âge d'une vieille personne. À mes yeux, elles se ressemblaient toutes. Soixante, soixante-dix ans – quelle était la différence ? Elles n'étaient plus jeunes, c'était tout ce que je voyais. Cet homme était maigre, de taille moyenne, il portait un cardigan en laine gris-bleu, un pantalon en velours côtelé marron et des baskets bleu marine. Vêtements et chaussures qui n'étaient plus de première jeunesse, mais qui me parurent encore en bon état. Ses cheveux blancs épais et raides se soulevaient au-dessus de ses oreilles comme les ailes des oiseaux quand ils se baignent dans une flaque d'eau. Pas de lunettes. Je ne savais pas depuis quand il était là, mais j'eus le sentiment qu'il m'examinait depuis un certain temps. Et, à coup sûr, il allait me demander : « Tout va bien ? » ou une question du même genre, car j'avais visiblement l'air d'avoir des problèmes (et oui, j'en avais vraiment). Ce fut la première chose qui me vint à l'esprit quand je vis ce vieil homme. Mais il ne dit rien, ne demanda rien, tenant simplement à deux mains un parapluie noir étroitement serré comme s'il s'agissait d'un bâton de marche. Son manche en bois de couleur ambrée semblait assez solide pour servir d'arme au cas où. Je supposai que le vieillard habitait dans le quartier, puisqu'il n'avait rien d'autre avec lui.

J'étais assis là, essayant de réguler mon souffle.

Le vieil homme me scrutait en silence. Son regard ne vacilla pas une seule seconde. Cela me mit mal à l'aise – comme si j'étais entré dans le jardin d'un étranger sans permission. Je voulus quitter ce banc et me diriger vers l'arrêt de bus aussi vite que possible. Mais, pour je ne sais quelle raison, je fus dans l'incapacité de me relever. Du temps passa. Soudain, le vieil homme articula :

« Un cercle qui possède un grand nombre de centres. »

Je levai les yeux vers lui. Nos regards se croisèrent. L'homme avait un front extrêmement large, un nez pointu. Aussi acéré que le bec d'un oiseau. Voyant que j'étais incapable de dire quoi que ce soit, il répéta d'une voix calme les mêmes mots :

« Un cercle qui possède un grand nombre de centres. »

Naturellement, je n'avais aucune idée de ce qu'il essayait de me dire. Une pensée me traversa l'esprit : c'était l'homme qui conduisait la voiture à haut-parleur de la mission chrétienne. Peut-être s'était-il garé à proximité et faisait-il une pause ? Non, impossible, sa voix était trop différente. Celle du haut-parleur appartenait à un homme beaucoup plus jeune. Ou peut-être était-ce un enregistrement. « Un cercle, vous dites… ? » demandai-je à contrecœur. Cet homme était bien plus âgé que moi et la politesse me dictait de lui fournir une réponse.

« Il possède plusieurs centres – et même un nombre infini – mais c'est un cercle sans circonférence ». En prononçant ces mots, le vieillard fronça les sourcils, et son front se plissa. « Peux-tu imaginer pareil cercle ? »

Mon esprit continuait à flotter dans un grand flou, mais je tentai de réfléchir. Un cercle avec plusieurs centres et sans aucune circonférence. Malgré tous mes efforts, je fus incapable de le visualiser.

« Non, désolé », dis-je.

Le vieil homme me considéra en silence. Il semblait attendre une meilleure réponse.

« Je ne crois pas qu'on nous ait parlé de ce genre de cercle au cours de maths », ajoutai-je d'une voix faible.

Le vieillard secoua lentement la tête.

« Certes non. Cela va de soi. Parce qu'on ne t'apprend pas ces choses-là à l'école. Comme tu le sais très bien. »

Comme je le savais très bien ? D'où ce vieil homme tirait-il sa conviction ?

« Un cercle pareil existe-t-il réellement ? demandai-je.

— Oui, naturellement, dit le vieillard, hochant la tête à plusieurs reprises. Ce cercle existe bel et bien. Mais tout le monde ne peut pas le voir.

— Pouvez-vous le voir, vous ? »

Le vieil homme ne répondit pas. Ma question resta maladroitement suspendue dans l'air un instant, elle devint finalement brumeuse et se dissipa. Le vieil homme reprit la parole.

« Écoute, il faut que tu l'imagines à l'aide de tes propres forces. Utilise toute la sagesse qui est en toi et imagine-le. Un cercle avec de nombreux centres mais sans circonférence. Si tu fais des efforts intenses, jusqu'à transpirer du sang, ce cercle deviendra progressivement clair.

— Cela me semble difficile.

— Bien sûr que oui, approuva le vieil homme, expectorant chacun de ses mots comme s'il les crachait. Dans ce monde, ce que l'on obtient sans effort n'a pas la moindre valeur. »

Puis, comme pour entamer une nouvelle déclaration, il s'éclaircit brièvement la gorge.

« Mais en y consacrant assez de temps et d'efforts, si tu réussis cette épreuve difficile, cela deviendra la crème de la crème de ta vie.

— La crème de la crème ?

— C'est une expression française : *la crème de la crème*. Tu le savais ?

— Non, pas du tout », dis-je. Je ne connaissais pas le français.

« *La crème de la crème*. Cela signifie le meilleur du meilleur. La quintessence de la vie, c'est la crème de la crème. Tu as compris ? Tout le reste n'a aucun intérêt, aucune valeur. »

Je ne décryptai pas vraiment ce que voulait dire le vieil homme. *La crème de la crème* ?

« Réfléchis-y, reprit le vieillard. Ferme à nouveau les yeux et pense bien à tout cela. Un cercle qui possède des centres en grand nombre, mais n'a pas de circonférence. Ton cerveau est conçu pour penser des questions difficiles. Pour t'aider à élucider quelque chose qu'au début tu ne comprenais pas. Pas question d'être paresseux ou insouciant. Le moment est crucial. Parce que c'est la période où ton cerveau et ton cœur se forment et se solidifient. »

Je refermai les yeux et tentai d'imaginer ce fameux cercle. Je ne voulais pas me montrer paresseux ou insouciant. Mais j'eus beau me creuser désespérément la cervelle, je ne comprenais tout simplement pas de quoi il s'agissait. Les cercles connus de moi avaient un centre unique et une circonférence incurvée reliait des points équidistants de ce centre. Le genre de figure simple que l'on peut dessiner avec un compas. Le cercle dont parlait le vieil homme n'était-il pas justement le contraire d'un cercle ?

Je ne pensais pas que le vieillard était dérangé mentalement. Et je ne pensais pas non plus qu'il se moquait. Il voulait me transmettre un message important. Pourquoi ? Je l'ignorais, mais je le sentais bien. Alors je fis un nouvel effort, mais mon esprit tournait en rond, sans progresser en rien. Comment un cercle qui avait de nombreux centres, et peut-être même un nombre infini de centres, pouvait-il exister en tant que cercle ? Était-ce une métaphore philosophique sophistiquée ? J'abandonnai et ouvris les yeux. Il me fallait davantage d'indices.

Mais le vieil homme n'était plus là. Je promenai mon regard de tous côtés, personne. Comme si ce vieillard n'avait jamais existé. Avais-je été le jouet de mon imagination ? Non, assurément, il ne s'agissait pas d'un fantasme. L'homme avait bien été là, juste en face de moi, agrippant fermement son parapluie, il avait parlé d'une voix calme, il m'avait laissé une énigme à résoudre.

Je pris conscience que ma respiration était revenue à la normale, calme et régulière. La vague qui menaçait de m'engloutir avait disparu. Ici et là, des trouées avaient commencé à apparaître dans l'épaisse couche de nuages qui surplombait le port. Un rayon de lumière avait percé, illuminant le toit en aluminium de la cabine d'une grue, comme s'il visait précisément cet endroit. Je restai un long moment, extatique, à contempler cette scène quasi mythique. Dans son enveloppe de cellophane, le petit bouquet de fleurs rouges était toujours posé là, à côté de moi. Comme une preuve tangible de toutes les choses curieuses qui m'étaient arrivées. Je me demandai quoi en faire et décidai de le laisser sur le banc. Cela me parut le meilleur choix. Je me levai et me dirigeai vers l'arrêt de bus. Le vent s'était mis à souffler, dispersant les nuages jusque-là immobiles.

Quand j'eus terminé mon récit, il y eut une pause, puis mon jeune ami déclara :

« Ton histoire n'a aucun sens pour moi. Que s'est-il réellement passé alors ? Tu soupçonnes une intention ou un principe derrière toute cette affaire ? »

Bien entendu, il se demandait ce que pouvait bien signifier l'expérience très étrange que j'avais vécue un dimanche après-midi de fin d'automne. En suivant les instructions notées sur l'invitation, j'avais cherché une salle de concerts pour découvrir que le bâtiment était désert et verrouillé. Il était légitime qu'il s'interroge : comment, pourquoi tout cela était-il arrivé ? Je ne pouvais le lui reprocher, parce que mon récit était une histoire sans queue ni tête.

« Je ne le comprends pas moi-même, même aujourd'hui », avouai-je.

Tout cela était resté un mystère non élucidé, comme une énigme des temps anciens. Ce qui m'était arrivé ce jour-là était incompréhensible, inexplicable et, à dix-huit ans, cela m'avait laissé désorienté. À tel point que, pendant un moment, j'avais failli me perdre.

« Mais j'ai le sentiment, ajoutai-je, que ce principe ou cette intention n'était pas vraiment le problème. »

Mon ami eut l'air dérouté.

« Tu es en train de me dire qu'il n'est pas nécessaire de comprendre la signification de cet épisode ? »

J'acquiesçai en silence.

« S'il s'était agi de moi, remarqua-t-il, j'aurais été totalement perturbé. J'aurais voulu connaître la vérité, et pour quelle raison une chose pareille m'était arrivée. Enfin, si j'avais été à ta place.

— Oui, bien sûr. À l'époque, cela m'a beaucoup dérangé. Gravement atteint, même. Ça m'a fait mal aussi. Mais en y repensant plus tard, avec de la distance, après un certain laps de temps, c'est devenu un incident insignifiant dont je n'avais pas à me préoccuper. J'ai senti que cela n'avait rien à voir avec *la crème de la crème* de la vie.

— *La crème de la crème* de la vie, répéta-t-il.

— Ces choses-là arrivent parfois, lui dis-je. Des événements inexplicables, illogiques, mais qui parviennent pourtant à vous bouleverser. Quand ils surviennent, je crois que nous devons juste fermer les yeux, ne penser à rien et les laisser passer sans rien faire. Comme si nous glissions sous une énorme vague. »

Mon jeune ami resta silencieux quelques instants, se représentant mentalement une vague gigantesque. C'était un surfeur expérimenté, et lorsqu'on parlait de vague, il prenait les choses au sérieux.

« Mais ne penser à rien ne doit sûrement pas être facile, dit-il enfin.

— Tu as raison. Ce n'est pas facile. "Dans ce monde, ce que tu peux obtenir sans effort n'a aucune valeur", m'a dit le vieil homme avec la même conviction qu'il aurait eue pour énoncer le théorème de Pythagore.

— Alors, au fait, tu as trouvé la réponse à propos de ce cercle doté d'un grand nombre de centres mais dépourvu de circonférence ? demanda mon ami.

— Bonne question. » Je secouai lentement la tête en signe de dénégation.

Dans ma vie, chaque fois qu'un événement inexplicable ou irrationnel me perturbe profondément (cela ne m'arrive pas très souvent, mais quelquefois cependant), j'en reviens toujours à ce cercle – ce cercle aux multiples centres et sans circonférence. Et, comme je l'avais fait quand j'avais dix-huit ans, sur ce banc près du kiosque, je ferme les yeux et j'écoute les battements de mon cœur.

Parfois, je sens que je parviens vaguement à saisir ce qu'est ce cercle, mais en y réfléchissant encore, sa signification m'échappe. Peut-être n'a-t-il pas de forme définie ? Peut-être ne s'agit-il pas d'une figure concrète ? Il pourrait alors n'exister que dans notre esprit. Lorsque nous aimons vraiment quelqu'un, ou que nous ressentons une profonde compassion pour autrui, ou que nous avons une conception idéaliste de la façon dont le monde devrait aller, ou lorsque nous découvrons la foi (ou quelque chose qui s'en approche), alors enfin, tout naturellement, nous comprenons ce qu'est l'essence de ce cercle, nous l'acceptons. Je reconnais pourtant qu'il ne s'agit là que d'une conjecture incertaine.

Ton cerveau est conçu pour penser des choses difficiles. Pour t'aider à élucider quelque chose qu'au début tu ne comprenais pas. Et cela devient la crème de la crème *de ta vie. Le reste n'a aucun intérêt, aucune valeur.* C'était ce que m'avait dit le vieil homme aux cheveux blancs. Par un dimanche après-midi nuageux de fin d'automne, sur une montagne à Kōbe, alors que je serrais dans mes mains un petit bouquet de fleurs rouges. Et encore maintenant, quand il m'arrive quelque chose de troublant, je repense à ce cercle spécial, et à tout le reste qui n'a aucun intérêt, aucune valeur. Et à cette *crème de la crème*, très particulière, qui doit sûrement exister, là, tout au fond de moi.

3

Charlie Parker plays bossa-nova

Bird est de retour !

Oh, mais c'est génial ! Oui, oui, Bird est revenu, avec ses ailes puissantes qui battent l'air. Partout sur notre planète – de Novossibirsk à Tombouctou –, l'humanité regardera vers le ciel, cherchant l'ombre du magnifique oiseau. On poussera des cris de joie. Et encore une fois un soleil tout neuf se répandra à flots sur le monde.

1963. Cela fait déjà très longtemps que l'on n'a plus entendu le nom de Charlie Bird Parker. À présent, où est Bird ? Que fait-il ? Telles sont les questions que murmurent les amoureux du jazz aux quatre coins de la Terre. Tout de même, se disent-ils, il ne peut pas être mort. D'ailleurs, on n'a jamais entendu parler de sa disparition. Quelqu'un remarque : Non, certes, mais on n'a pas non plus entendu dire qu'il était toujours en vie.

Selon la dernière nouvelle qui ait filtré à propos de Bird, il avait été accueilli dans le manoir de sa bienfaitrice, la baronne Nica, une mécène, où il luttait contre divers maux. Si vous êtes fan de jazz, vous ne pouvez ignorer que Bird était un junkie, drogué à un degré extrême. Héroïne, poudre pure, immaculée, létale.

D'après certaines rumeurs, outre ses addictions, Bird souffrait d'une pneumonie aiguë, de diverses maladies internes, probablement de diabète et même de troubles mentaux. S'il avait eu le bonheur de survivre à tous ces problèmes, il aurait été trop diminué pour pouvoir seulement soulever son instrument. C'est ainsi que Bird s'effaça du monde des vivants et qu'il devint une légende du jazz. Aux alentours de 1955. Mais huit ans plus tard, à l'été 1963, Charlie Parker renoua avec son saxophone alto et enregistra un album dans un studio non loin de New York. Et le titre de cet album était : *Charlie Parker plays bossa-nova*.

Vous le croyez, n'est-ce pas ?

Vous devriez. Parce qu'il l'a réellement fait.

Tel était le début d'un article que je rédigeai quand j'étais étudiant. C'était la première fois qu'un de mes textes était publié, et la première fois aussi que je recevais une rémunération pour ce que j'avais écrit, même si la somme était misérable.

Bien entendu, il n'existe pas d'album intitulé *Charlie Parker plays bossa-nova*. Charlie Parker est mort le 12 mars 1955 et la bossa-nova ne devint vraiment populaire en Amérique qu'en 1962, lorsque Stan Getz et d'autres musiciens en enregistrèrent plusieurs albums. Oui, mais *si* Bird avait vécu jusque dans les années 1960, et *s'il* avait été intéressé par ce genre musical et qu'il l'ait interprété... J'avais bâti la recension de ce disque imaginaire à partir de cette hypothèse.

Le rédacteur en chef du magazine littéraire universitaire qui accepta mon papier croyait fermement à l'existence de ce disque et il ne douta pas un seul instant qu'il publierait cet article à l'instar d'un compte rendu musical habituel. Il se trouve qu'un de mes amis était le jeune frère de ce rédacteur en chef. « Tu sais, lui avait-il assuré, ce gars-là, il s'y connaît vraiment, et il se débrouille comme un chef question écriture, tu devrais l'engager ! » (Ce magazine cessa de paraître après quatre numéros. Mon article fut publié dans le numéro 3.)

Le point de départ qui me permit de nourrir mon papier était le suivant : Charlie Parker avait laissé un enregistrement précieux qui fut découvert par hasard dans les coffres d'une maison de disques et qui avait été tout récemment révélé au public. Même si je ne suis pas le mieux placé pour en juger, j'estime encore aujourd'hui que l'épisode est parfaitement plausible, dans les moindres détails, et quand je racontai ma petite fable, j'y insufflai tellement de passion qu'à la fin j'en vins presque à être convaincu que l'enregistrement existait vraiment.

Une fois publié, mon papier suscita énormément de réactions. Le magazine était un modeste bulletin universitaire dont le retentissement était d'ordinaire à peu près nul. Mais, semble-t-il, un grand nombre de lecteurs idolâtraient encore Charlie Parker et la rédaction reçut de multiples lettres de protestation fustigeant ma « plaisanterie stupide » et mon « sacrilège inconsidéré ». Ces lecteurs manquaient-ils d'humour ? Ou bien mon propre sens de l'humour était-il un tant soit peu tordu ? Difficile de trancher. Toujours est-il que certains prirent mon écrit pour argent comptant et se rendirent même dans des magasins de disques à la recherche de l'album en question.

Le rédacteur en chef manifesta quelque mécontentement de s'être fait duper. Je ne lui avais pas réellement menti, mais j'avais omis de lui fournir des explications détaillées. En secret, il devait cependant être satisfait que mon article ait provoqué tant de réactions, même si la plupart étaient négatives. Pour preuve, il me dit qu'il aimerait lire d'autres textes de moi, critique ou fiction. (Mais son magazine disparut avant que j'aie pu lui confier d'autres manuscrits.)

Mon article se poursuivait ainsi :

… Qui aurait pu imaginer un attelage aussi surprenant – Charlie Parker et Antônio Carlos Jobim jouant ensemble ? Avec Jimmy Raney à la guitare, Jobim au piano, Jimmy Garrison à la basse, Roy Haynes à la batterie. Voir leurs noms suffit à déclencher l'enthousiasme. N'est-ce pas là une équipe rythmique de rêve ? Et, bien entendu, avec Charlie *Bird* Parker au saxophone alto.

Voici les titres des différents morceaux :

Face A

1) Corcovado
2) Once I Loved (O Amor em Paz)
3) Just Friends
4) Bye Bye Blues (Chega de Saudade)

Face B

1) Out of Nowhere
2) How Insensitive (Insensatez)
3) Once Again (Outra Vez)
4) Dindi

Ce sont tous des morceaux très connus composés par Jobim, à l'exception de « Just Friends » et de « Out of Nowhere ». Ces deux-là sont des standards magnifiques, datant des débuts de Parker mais interprétés dans un style résolument différent, et donc sur un rythme de bossa-nova. (Au piano, ce n'était pas Jobim qui officiait, mais Hank Jones, un musicien chevronné et polyvalent.)

Eh bien, vous tous, les amoureux du jazz, comment auriez-vous réagi en entendant le titre de cet album *Charlie Parker plays bossa-nova* ?

D'abord, vous auriez été surpris, je suppose : « Oh, ça alors ! » vous seriez-vous exclamés. Puis vous vous seriez sentis pleins d'attentes et de curiosité. Mais la prudence aurait peu à peu redressé la tête – comme un nuage sombre et menaçant se dessinant sur le versant d'une montagne jusque-là merveilleusement ensoleillée.

Attendez un peu. Êtes-vous en train de me dire que Bird, *the Bird* – Charlie Parker –, céda réellement à la mode de la bossa-nova ? Vraiment ? Désirait-il en personne interpréter ce genre de musique ? Ou bien succomba-t-il aux sirènes commerciales ? Fut-il convaincu par une maison de disques à l'affût de ce qui était « populaire » à cette époque ? Et même en admettant que Bird ait véritablement souhaité jouer ce type de musique, comment le style de son saxophone alto, intégralement be-bop, aurait-il pu s'harmoniser avec les accents bien plus cool de la bossa-nova, originaire d'Amérique latine ?

Par ailleurs, toute question de style musical mise à part, on peut s'interroger : après huit années d'interruption, Bird avait-il encore la maîtrise totale de son instrument ? Avait-il conservé sa virtuosité extrême et sa créativité ?

Pour être honnête, il m'était impossible de ne pas éprouver moi-même une certaine anxiété. J'avais à la fois un immense désir de découvrir ces morceaux et l'angoisse d'être déçu. À présent toutefois que j'ai écouté ce disque à plusieurs reprises, je veux le déclarer tout net, non, je vais plutôt grimper sur le toit d'un immeuble élevé, et, de là, clamer urbi et orbi : Si vous êtes un amateur de jazz ou, mieux encore, si vous êtes un amoureux de la musique, vous devez absolument écouter ces compositions merveilleuses, fruit d'un cœur ardent et d'un esprit serein.

Le plus étonnant, avant tout, c'est l'intrication miraculeuse entre le style pianistique de Carlos Jobim, simple, minimaliste, et le phrasé de Bird, éloquent, décomplexé. Vous pourriez certes m'objecter que la voix de Carlos Jobim (il ne chante pas ici et je fais référence seulement à la voix de son piano) et celle de Bird sont totalement différentes de par leur nature même. Des voix tellement opposées qu'un terrain de rencontre entre elles paraît impossible. Et, pour couronner le tout, aucun des deux interprètes ne fait le moindre effort, semble-t-il, pour remodeler son style afin de s'accorder avec celui de son partenaire. Mais c'est précisément cette dissemblance entre les voix des deux hommes qui constitue la force motrice de cette musique à la beauté sans égale.

J'aimerais que vous écoutiez pour commencer le premier morceau de la face A : « Corcovado ». Bird ne joue pas le thème d'ouverture. En fait, il ne l'interprète qu'à la fin, dans le dernier refrain. C'est d'abord Carlos Jobim qui joue seul au piano, tranquillement, ce thème familier. Les instruments rythmiques restent silencieux. La mélodie nous évoque une jeune fille assise à la fenêtre, contemplant un beau paysage nocturne. Une mélodie faite la plupart du temps de notes uniques, avec parfois l'ajout d'accords simples, très doux, comme un coussin moelleux qui se serait glissé sous les épaules de la jeune fille.

Une fois achevée l'exposition du thème au piano se faufile en tapinois le son du saxophone de Bird, comme si les ombres discrètes du crépuscule s'infiltraient par un interstice du rideau. Il est bien là, avant même que vous en ayez conscience. Ses envolées gracieuses, décousues, sont semblables à des souvenirs merveilleux, aux noms cachés, qui s'insinuent dans vos rêves. À l'image des délicats motifs que dessine le vent – dont vous aimeriez que jamais ils ne disparaissent – et qui laissent de tendres cicatrices sur les dunes de votre cœur…

Oublions le reste de mon article. On n'y trouvera qu'une description débordant de tous les qualificatifs appropriés. Ce que vous avez lu plus haut vous donne une idée du genre de musique que j'évoque. Bien entendu, il s'agit d'une musique qui n'existe pas en réalité. Ou bien, qui *ne pourrait avoir d'existence réelle.*

Je terminerai là cette histoire et j'aborderai à présent un incident qui s'est produit des années plus tard.

Depuis fort longtemps, j'avais complètement oublié ce petit texte rédigé quand j'étais étudiant. Après cette période universitaire, ma vie devint beaucoup plus bousculée que je l'aurais supposé, et la critique musicale de cet album imaginaire ne fut plus pour moi qu'une blague de potache irresponsable et frivole, exécutée du temps de ma jeunesse. Mais presque quinze ans plus tard, l'article en question resurgit inopinément dans mon existence à la manière d'un boomerang : vous aviez oublié que vous l'aviez lancé et il revient sur vous en tourbillonnant quand vous vous y attendez le moins.

J'étais à New York pour mes affaires et, comme j'avais du temps devant moi, j'entrepris une petite promenade non loin de mon hôtel. J'entrai alors dans une boutique de disques d'occasion sur la 14e Rue. Là, dans la rangée des albums consacrés à Charlie Parker, je tombai sur un disque intitulé *Charlie Parker plays bossa-nova.* Un disque qui paraissait avoir été fait maison, un enregistrement piraté. La pochette était blanche, elle ne comportait ni dessin ni photo, seulement le titre en tristes lettres noires. Au verso, le nom des différents morceaux et celui des musiciens. Ce qui était stupéfiant, c'est que la liste des compositions et des interprètes était exactement celle que j'avais imaginée quand j'étais étudiant. De même, Hank Jones remplaçait Carlos Jobim au piano pour deux morceaux.

Le disque à la main, je demeurai là, abasourdi, hébété, incapable de dire un mot. J'eus la sensation que quelque part au plus profond de mon corps un petit noyau était paralysé. Je regardai de nouveau tout autour de moi. Était-ce *réellement* New York ici ? Oui, aucun doute, j'étais bien au cœur de New York. Et moi, j'étais réellement là, dans une petite boutique de disques d'occasion. Je n'avais pas migré dans je ne sais quel monde fantastique. Pas plus que je ne faisais un rêve hyperréaliste.

Je sortis le disque de sa pochette. Il portait une étiquette blanche sur laquelle étaient imprimés le titre de l'album et ceux des morceaux. Aucune mention d'une maison de disques, aucun logo. J'examinai les pistes. Sur chaque face, il y en avait quatre, clairement gravées. Je demandai au jeune homme à cheveux longs, près de la caisse, si je pouvais écouter ce disque. Il secoua la tête. Non, dit-il, le tourne-disque du magasin ne marche pas. Vous ne pouvez pas. Désolé.

Il était indiqué que le disque coûtait 35 dollars. J'hésitai longuement. Finalement je ressortis de la boutique les mains vides. J'avais l'impression que quelqu'un me faisait une farce idiote. Ce quelqu'un avait aimé le papier que j'avais rédigé il y a bien longtemps et, s'appuyant sur la description de mon album imaginaire, avait fabriqué un faux disque. Il s'était pour cela servi d'un autre disque, un vrai, sur lequel chaque face contenait quatre morceaux, l'avait trempé dans l'eau, avait décollé l'étiquette et l'avait remplacée par une autre faite à la main.

Franchement, payer 35 dollars pour un disque falsifié comme celui-ci aurait été ridicule.

Je me rendis dans un restaurant espagnol tout près de mon hôtel et commandai de la bière et un dîner simple. Un peu plus tard, quand je fis une petite promenade sans but particulier, une vague de regrets déferla soudain en moi. J'aurais vraiment dû acheter ce disque. Même si c'était un faux, et que son prix était exorbitant, j'aurais dû l'acquérir, au moins comme un souvenir insolite des espiègleries de la vie. Au pas de course, je repartis droit vers la 14e Rue, mais la boutique était déjà fermée. Sur le volet, un panonceau indiquait les heures d'ouverture les jours de semaine : 11 h 30-19 h 30.

Le lendemain matin, juste avant midi, je retournai au magasin. Un homme d'âge moyen, cheveux fins, portant un pull à col rond effiloché, était assis à la caisse enregistreuse et buvait du café en lisant la page sportive d'un journal. Le café venait sans doute d'être préparé et dans la boutique flottaient des arômes doux et frais. Comme le commerce ouvrait à peine, j'étais le seul client. Le petit haut-parleur au plafond diffusait un vieil air de Pharoah Sanders. Je supposai que l'homme à la caisse était le propriétaire. Je me mis à fouiller dans le coin des disques de Charlie Parker mais je ne retrouvai pas celui qui m'intéressait. J'étais pourtant sûr de l'avoir remis à sa place la veille. Songeant qu'il avait peut-être été mélangé à d'autres ailleurs, je passai en revue tous les albums de jazz. Malgré une recherche attentive, je restai bredouille. Quelqu'un l'avait-il acheté ? Je m'approchai de la caisse et m'adressai à l'homme.

« Je cherche un disque de jazz que j'ai vu ici hier.

— Oui, lequel ? demanda-t-il, sans détourner les yeux du *New York Times*.

— *Charlie Parker plays bossa-nova* », dis-je.

L'homme posa son journal, ôta ses lunettes de lecture à fine monture métallique et, lentement, se tourna vers moi. « Pardon. Vous pourriez répéter ? »

Je m'exécutai. Sans dire un mot, il avala une gorgée de café et secoua doucement la tête.

« Un disque pareil, ça n'existe pas, enfin.

— Évidemment, répondis-je.

— Si vous désirez *Perry Como sings Jimi Hendricks*, nous l'avons en magasin.

— *Perry Como sings…* » commençai-je, avant de m'apercevoir qu'il plaisantait. C'était le genre d'homme à faire des blagues en gardant un visage impassible.

« Mais je l'ai *vraiment* vu, insistai-je. Bien entendu, je veux dire, je suis sûr que c'était une contrefaçon.

— Vous avez vu ce disque *ici* ?

— Oui. Hier après-midi. Juste là. » Je décrivis l'album, sa pochette, et les morceaux qu'il contenait. Et son prix qui s'élevait à 35 dollars.

« Non, impossible, j'en suis certain. Nous n'avons jamais eu un disque de ce genre. C'est moi en personne qui passe les commandes des albums de jazz et qui fixe les prix. Si j'avais vu un truc pareil, que ça m'ait plu ou non, je m'en serais souvenu, voyons ! »

Après quoi, il secoua la tête et remit ses lunettes. Il recommença à lire son article puis, comme si une idée soudaine lui traversait l'esprit, il ôta de nouveau ses lunettes, plissa les paupières et me regarda droit dans les yeux.

« Si d'aventure, dit-il, vous mettiez la main sur cette chose, moi aussi, j'aimerais vraiment que vous me la fassiez écouter ! »

Autre épisode, qui arriva plus tard.

Cela se produisit bien des années après l'incident de la boutique de disques (en fait, tout récemment). Une nuit, je rêvai de Charlie Parker. Dans mon rêve, Bird interprétait « Corcovado » juste pour moi – et uniquement pour moi. Avec son saxophone, en solo, sans instrument rythmique pour l'accompagner.

Il se tenait seul dans une longue coulée de lumière verticale, celle du soleil jaillissant de quelque trouée. Sans doute était-ce le soleil levant. Une lumière innocente, candide, qui n'impliquait rien d'autre qu'elle-même. Si son visage, en face de moi, restait dissimulé dans des ombres noires, je pouvais néanmoins distinguer le costume sombre à double boutonnage qu'il portait, sa chemise blanche et sa cravate aux teintes éclatantes. Et le saxophone entre ses mains, incroyablement crasseux, couvert de poussière et de rouille. Une des clés de l'instrument, cassée, était rafistolée à l'aide d'un manche de cuillère maintenu par du ruban adhésif. À la vue de ce bricolage, je ne pus m'empêcher d'être dubitatif. Tout Bird qu'il était, pouvait-il espérer produire des sons décents à partir d'un saxo aussi misérable ?

À cet instant, brusquement, mon nez perçut des effluves de café, étonnamment aromatiques. Les bouffées odorantes d'un café noir puissant, tout juste préparé. Mes narines frémirent de plaisir. Malgré ces senteurs tentatrices, je gardai les yeux rivés sur Bird. Si j'avais détourné le regard, ne serait-ce qu'une seconde, ce moment infime aurait peut-être suffi à le faire disparaître.

Pour une raison que j'ignore, je sus alors que je rêvais. Que j'étais en train de voir Bird en rêve. Cela m'arrive parfois. Alors que je suis en plein rêve, j'ai soudain une certitude : *oui, ceci est un rêve*. Et je fus troublé de constater que je pouvais néanmoins sentir avec autant d'acuité le parfum du café.

Bird approcha enfin de ses lèvres le bec de son instrument et produisit un son avec précaution, comme pour s'assurer que l'anche était en bon état. Puis, lorsque ce son disparut, au bout d'un certain temps, il en émit d'autres à la suite, toujours avec prudence et attention. Ils flottèrent un instant dans l'air avant de s'affaisser mollement sur le sol. Quand tous furent retombés et eurent été aspirés par le silence, Bird lança une série de notes à la résonance bien plus intense qu'auparavant. C'est ainsi que débuta « Corcovado ».

Comment traduire en mots ce que fut cette musique ? Cette musique que dans mon rêve Bird interprétait pour moi seul, je crois rétrospectivement que, plus qu'un flux sonore, c'était *une irradiance totale et éphémère*. Si je peux encore me souvenir très clairement de sa réalité, je suis incapable de la reproduire fidèlement. Pas plus que je ne pus la garder en moi avec le temps. Comme je serais dans l'impossibilité de décrire avec des mots les motifs d'un mandala. Tout ce que je peux dire, c'est que cette musique m'atteignit au plus profond de l'âme, dans son noyau même. L'écouter transformait physiquement l'auditeur, ne serait-ce que dans des proportions imperceptibles. Oui, j'en suis certain, cette musique-là avait existé dans notre monde.

« Quand je suis mort, je n'avais que trente-quatre ans, dit Bird. Trente-quatre ans ! »

Je crois bien que c'était à moi qu'il s'adressait. Car nous étions seuls tous les deux dans cette pièce. Je ne sus quoi lui répondre. Dans un rêve, il est difficile de bien réagir. Je gardai donc le silence et j'attendis la suite.

« Imagine un peu – ce que cela signifie de mourir à trente-quatre ans ! » reprit Bird.

Je réfléchis à ce que j'aurais ressenti si j'étais mort à trente-quatre ans. Alors que précisément j'entreprenais tant de choses dans ma vie.

« C'est exact ! Moi aussi, j'avais entrepris tant de choses, fit Bird. J'avais juste commencé à vivre ma vie. Mais d'un coup, tout, absolument tout, était terminé. »

Il secoua la tête calmement. Son visage entier était toujours dans l'ombre et je ne pus discerner son expression. Son saxophone sale et déglingué pendait, retenu par une sangle autour de son cou.

« Bien sûr, la mort arrive toujours brusquement, continua Bird. Mais en même temps, elle peut être terriblement lente. De la même façon que les belles phrases qui déboulent dans la tête. C'est un événement qui ne dure qu'un instant et qui pourtant peut s'étirer à tout jamais. Aussi longtemps qu'il faut pour aller de la côte Est à la côte Ouest – ou même jusqu'à l'infini. La notion de temps se perd alors. Dans ce sens, j'étais peut-être mort chaque jour que je vivais. Mais tout de même, la vraie mort, la mort réelle, c'est infiniment pesant. Ce qui existait jusque-là disparaît d'un coup. En totalité. Et se réduit à du rien. Et dans mon cas, ce qui existait, c'était moi-même. »

Il baissa les yeux quelques instants, fixant son instrument. Puis :

« Sais-tu à quoi je pensais quand je suis mort ? reprit-il. Dans ma tête, il y avait une seule et unique mélodie. Elle ne cessait de se répéter, encore et encore, résonnant sans trêve. Elle ne voulait pas me quitter. Ça arrive, tu comprends ? Un refrain qui vous trotte dans le crâne. Cette mélodie, c'était un fragment du troisième mouvement du *Concerto pour piano n° 1* de Beethoven. Voilà, c'était ça, ma mélodie. »

Bird la fredonna tout doucement. Je reconnus l'air. Une partie de piano solo.

« De toutes les mélodies que Beethoven a composées, c'est celle qui swingue le mieux, dit Bird. J'ai toujours aimé ce *Concerto n° 1*. Je l'ai écouté un nombre incalculable de fois. Un 45 tours interprété par Schnabel. Mais c'est curieux, tu ne crois pas ? Que moi – Charlie Parker –, je meure en me rejouant mentalement, sans répit, une mélodie de Beethoven. Et après, le noir complet. Rideau. » Bird eut un petit rire, de sa voix rauque.

Je ne répondis rien. Qu'aurais-je pu dire à propos de la mort de Charlie Parker ?

« En tout cas, je dois te remercier, reprit-il. Tu m'as redonné vie, pour cette fois. Et grâce à toi, j'ai joué de la bossa-nova. Rien ne pouvait me faire plus plaisir. Bien entendu, revivre et jouer pour de bon aurait été encore plus formidable, je ne dis pas. Mais même en étant mort, c'était une expérience vraiment merveilleuse. Car, vois-tu, j'ai toujours aimé les musiques nouvelles. »

Vous m'êtes donc apparu aujourd'hui afin de me remercier ?

« Exactement », dit Bird.

À croire qu'il percevait la voix de mes pensées.

« Je suis passé pour te dire merci. J'espère que tu auras aimé ma musique. »

Je hochai la tête. J'aurais dû dire quelque chose, mais impossible de trouver les bons mots.

« *Perry Como sings Jimi Hendrix*, hein ? » murmura Bird, comme si un souvenir lui revenait en tête. Et il rit doucement avec des enrouements dans la voix.

Puis il disparut. Son saxophone se dissipa en premier, la lumière éclatante venant de quelque part ensuite. Et enfin, Bird lui-même s'évapora.

Lorsque j'ouvris les yeux et sortis de mon rêve, le réveil à mon chevet indiquait 3 h 30 du matin. L'obscurité était encore totale, bien entendu. Le parfum du café qui aurait dû flotter dans la chambre avait disparu. Il n'y avait d'ailleurs aucun parfum. J'allai à la cuisine et avalai plusieurs verres d'eau. Je m'assis à la table et tentai encore une fois de retrouver, au moins en partie, la musique inouïe que Bird avait jouée pour moi, et moi seul. Mais je fus incapable de me souvenir de la moindre note. Je pus néanmoins me rappeler ce que Bird avait dit. Avant que ses mots ne s'effacent de ma mémoire, je les notai au stylobille sur un cahier, aussi précisément que possible. Voilà tout ce que je pouvais faire. Bird m'avait rendu visite en rêve dans le but de me remercier – c'était ce qui me revenait en mémoire. Me remercier de lui avoir donné l'occasion, bien des années auparavant, de jouer de la bossa-nova. Et il avait attrapé un instrument qui se trouvait là et avait interprété « Corcovado » juste pour moi.

Vous le croyez, n'est-ce pas ?

Vous devriez. Parce que, voyez-vous, c'est vraiment arrivé.

4

With the Beatles

Ce que je trouve curieux dans le fait de vieillir, ce n'est pas que moi-même je prenne de l'âge. Et pas non plus que le jeune moi du passé soit devenu vieux, avant même que j'en aie eu conscience. Je suis plutôt déconcerté de voir comment tous ceux de ma génération ont vieilli, comment les jolies filles si pleines d'entrain que je connaissais sont à présent assez avancées dans la vie pour avoir deux ou trois petits-enfants. J'en éprouve un léger trouble, voire de la tristesse. Même si pour ma part, je ne trouve pas triste d'avoir ce même âge avancé.

Ce qui me rend mélancolique, je crois, à propos des jeunes filles de mon entourage, des vieilles dames maintenant, c'est d'être obligé de reconnaître que mes rêves de jeunesse ont disparu à tout jamais. La mort d'un rêve est peut-être plus triste, en un sens, que celle d'un être vivant. On peut même quelquefois ressentir cette disparition comme véritablement *injuste*.

Or, il y a une fillette – femme aujourd'hui, autrefois petite fille – dont je me souviens très bien, encore maintenant. Pourtant, je ne connais même pas son nom. Et, bien entendu, j'ignore où elle se trouve à présent et ce qu'elle fait. Tout ce que je sais, c'est qu'elle fréquentait le même lycée que moi, au même niveau d'études (parce que le badge sur sa chemise était de la même couleur que le mien) et qu'elle adorait les Beatles. Mais je ne sais rien d'autre à son sujet.

C'était en 1964, l'époque où la *Beatlemania* était à son apogée dans le monde. Nous étions au début de l'automne, le nouveau trimestre venait de commencer, la vie quotidienne retombait dans son train-train habituel. Elle se hâtait toute seule dans le couloir de l'école, le bas de sa jupe voletant au rythme de ses pas précipités, et elle semblait aller quelque part, je ne sais où. Je la croisai dans ce long couloir mal éclairé. Il n'y avait que nous deux. Elle serrait un 33 tours contre son cœur comme s'il s'agissait d'un bien inestimable. C'était le disque intitulé *With the Beatles*. Sur la pochette figurait l'impressionnante photo en noir et blanc des quatre Beatles, la moitié de chaque visage noyée dans l'ombre. Pour une raison que j'ignore, je me rappelle avoir eu la certitude que ce disque était l'album original anglais, et pas la version américaine ou japonaise.

Elle était très jolie. Du moins, à ce moment-là, elle me parut merveilleuse. Pas vraiment grande mais de longs cheveux bien noirs et des jambes fines. De plus, elle exhalait un parfum exquis. (Peut-être n'était-ce qu'une illusion de ma part et n'y avait-il pas la moindre fragrance. En tout cas, à l'instant où je la croisai, je sentis ce parfum pour de bon, et il était enchanteur.) Sur le moment, je fus complètement captivé par cette jolie fillette dont j'ignorais le nom et qui serrait fort contre elle le disque *With the Beatles*.

Les battements de mon cœur s'emballèrent, j'eus du mal à respirer, et tous les bruits parurent s'être terriblement éloignés, comme si j'étais plongé au fond d'une piscine. Je percevais seulement le léger tintement d'une clochette au creux de mes oreilles. On aurait dit que quelqu'un cherchait à tout prix à me délivrer un message décisif. Mais tout cela ne dura que dix ou quinze secondes, un instant très bref. L'épisode se noua d'un coup, et avant même que je m'en sois aperçu, il était terminé. Et le message précieux qui aurait dû être là s'était perdu dans un labyrinthe, à l'instar du noyau de tous les rêves. Un peu à l'image de la plupart des événements importants de la vie.

Un couloir de lycée à l'éclairage assourdi, une jolie fille et sa jupe voltigeante. Et puis *With the Beatles*.

Ce fut la seule fois où je vis cette fillette. Entre cet instant et les années précédant notre diplôme de fin d'études secondaires, nos chemins ne se croisèrent plus jamais. À bien y penser, c'est vraiment étrange. Notre lycée était un très grand établissement public situé sur une des collines de Kōbe, il comptait environ six cent cinquante élèves à chaque niveau. (Nous étions ce qu'il est convenu d'appeler « la génération du baby-boom » et cela faisait donc énormément de monde). Il était impossible de se connaître tous. Je ne savais même pas le nom des autres lycéens et ne pouvais pas identifier la plupart d'entre eux. Pourtant, j'allais presque tous les jours au lycée, j'empruntais fréquemment ce long couloir, et il me semble donc quasiment insensé de ne pas avoir de nouveau croisé cette délicieuse fillette. Chaque fois que j'arpentais ce corridor, j'étais aux aguets : allais-je enfin l'apercevoir ?

S'était-elle dissipée comme de la fumée ? Ou bien, par cet après-midi de début d'automne, n'était-ce pas une véritable fillette que j'avais croisée, mais une sorte de vision ? Ou encore, au moment où nous nous étions rencontrés dans ce couloir obscur, l'avais-je tellement idéalisée que, même si je l'avais revue réellement, j'aurais été incapable de la reconnaître ? (La dernière hypothèse me paraît la plus plausible.)

Plus tard, je connus quelques femmes avec qui je nouai des relations intimes. Chaque fois que je faisais la connaissance d'une nouvelle amie, j'avais le sentiment que je tentais inconsciemment de revivre cet instant éblouissant expérimenté dans le couloir ombreux d'un lycée à l'automne 1964. Les coups féroces et silencieux au cœur, la respiration douloureuse dans la poitrine, le doux tintement d'une clochette au fond des oreilles.

J'étais parfois capable de retrouver ces sensations, parfois non. (Malheureusement, la clochette n'avait pas tinté assez longtemps.) Quelquefois encore, je parvenais à les saisir, mais elles me glissaient aussitôt entre les doigts. En tout cas, l'émotion qui naissait alors d'avoir réussi à les raviver en moi était toujours comme une jauge mesurant « l'intensité de mon désir ».

Lorsque j'échouais à capturer de telles sensations dans le monde réel, je laissais tranquillement leur souvenir s'éveiller à l'intérieur de moi. De la sorte, la mémoire devint l'un de mes outils émotionnels les plus précieux, et même une manière de survivre. Comme le corps tiède d'un petit chat qu'on laisse dormir paisiblement dans la grande poche de son manteau.

Revenons aux Beatles.

L'année précédant ma rencontre avec cette fillette, les Beatles étaient devenus prodigieusement célèbres à travers le monde. Et un an après, en avril 1964, ils furent au top de tous les hit-parades américains, raflant les cinq premières places. La pop music n'avait jamais connu pareil phénomène. Voici les titres de ces cinq morceaux à succès :

1) Can't Buy Me Love
2) Twist and Shout
3) She Loves You
4) I Want to Hold Your Hand
5) Please Please Me

Le single « Can't Buy Me Love » à lui seul récolta plus de deux millions de précommandes, avant même d'être réellement en vente.

Bien entendu, la popularité des Beatles était également immense au Japon. Il suffisait d'allumer la radio pour entendre une de leurs chansons. Moi aussi, je les aimais bien et connaissais tous les tubes du groupe. Je pouvais les chanter si l'on me le demandait. À la maison, lorsque j'étudiais (ou que je faisais semblant), la plupart du temps je laissais la radio allumée. Mais, pour être franc, je n'avais jamais été un véritable fan des Beatles. Je n'essayais pas d'écouter leurs chansons de manière active. Diffusés par les tout petits haut-parleurs de mon transistor Panasonic, c'étaient des refrains à la mode que j'entendais sur un mode passif, qui se faufilaient simplement dans ma tête sans y demeurer. Le bruit de fond de ma prime jeunesse. Un décor musical, en quelque sorte.

Quand j'étais au lycée et à l'université, je n'ai pas acheté un seul disque des Beatles. Je préférais le jazz ou le classique, et c'était ce que j'écoutais lorsque je désirais me concentrer sur de la musique. J'économisais pour me procurer des albums de jazz, je réclamais des airs de Miles Davis et de Thelonious Monk dans les bars de jazz et je me rendais à des concerts de musique classique. C'est seulement longtemps après que j'ai commencé à prêter attention aux Beatles. Mais cela est une autre histoire.

Je sais, cela paraît étrange, mais il m'a fallu attendre le milieu de la trentaine pour écouter sérieusement *With the Beatles* du début à la fin. Même si le souvenir de la fillette avec son 33 tours dans le couloir de notre lycée ne m'avait jamais quitté, pendant très longtemps je n'ai pas eu envie d'écouter ce disque. Cela ne m'intéressait pas, je crois, de savoir quel genre de musique était gravé sur la galette de vinyle qu'elle serrait contre sa poitrine.

Une fois trentenaire, et alors qu'il était impossible de parler de moi comme d'un petit garçon ou d'un jeune homme, ma première pensée à l'écoute de cet album fut qu'il n'était pas vraiment phénoménal. Sur les quatorze titres, six étaient des reprises d'autres musiciens et, à l'exception de « All My Loving » de Paul McCartney, aucune des huit chansons originales n'était franchement faramineuse (à mon avis). La reprise de « Please Mr Postman » du groupe féminin les Marvelettes et celle de Chuck Berry, « Roll Over Beethoven », étaient bien menées. Elles me firent de l'effet, et il en va de même quand je les écoute aujourd'hui, mais enfin, ce n'étaient que des reprises. Aucun single marquant n'en faisait partie et, du moins à mes oreilles, le premier album des Beatles, *Please Please Me*, qui avait été gravé quasiment d'un seul jet, avait infiniment plus de fraîcheur et de hardiesse.

Néanmoins, ce deuxième album fut immédiatement propulsé au sommet des hit-parades au Royaume-Uni, et il conserva cette place durant vingt et une semaines d'affilée. (Aux États-Unis, le titre de l'album fut changé en *Meet the Beatles*, le contenu différait légèrement, mais la pochette était à peu près semblable.)

Une réussite due à la faveur des innombrables zélateurs des Beatles en quête fiévreuse de nouveaux titres – un peu comme ces voyageurs qui traversent un désert et qui sont à la recherche éperdue d'eau douce – mais aussi, sans doute, grâce à cette pochette monochrome, ces portraits somptueux, saisissants, des quatre musiciens en demi-ombres.

En fait, ce qui me captiva si fort, ce fut l'image de cette fillette serrant contre elle cet album comme s'il s'agissait de quelque chose d'inappréciable. Sans la photo des Beatles sur la pochette, la scène ne m'aurait peut-être pas ensorcelé à ce point. Il y avait la musique, là, bien sûr. Mais il y avait quelque chose d'infiniment plus vaste, quelque chose qui englobait la musique et qui la dépassait. Et, un bref instant, cette vision embrasa mon cœur, le marqua au fer rouge – c'était un paysage spirituel qui *ne pouvait se trouver que là*, dans ce seul lieu, au cours de ce seul moment de cette seule époque.

L'événement majeur de l'année suivante, 1965, ne fut pas pour moi l'ordre du président Johnson de bombarder le Nord-Viêtnam et l'aggravation de la guerre qui en résulta, ni la découverte d'une nouvelle espèce de chat sauvage dans l'île d'Iriomote, mais le fait que j'aie eu ma première petite amie. Nous étions dans la même classe en première année de lycée, mais nous n'avons commencé à sortir ensemble que l'année d'après.

Pour éviter tout malentendu, je dois d'emblée déclarer que je n'ai pas belle allure, que je n'ai jamais brillé dans le domaine sportif et que mes résultats scolaires étaient plutôt médiocres. Je ne suis pas doué pour chanter et je ne maîtrise pas particulièrement l'art de la parole. Durant mes années de lycée, et par la suite non plus, jamais je n'ai attiré un essaim de filles autour de moi. Je ne m'en vante pas mais, dans cette vie incertaine, c'est l'une des rares choses dont je sois tout à fait certain. Il n'en reste pas moins vrai pourtant, bien que j'en ignore la raison, qu'il y a toujours eu dans mon entourage une fille pour s'intéresser à moi. Et au lycée aussi. Pour être franc, je ne sais pas si elles avaient seulement de l'intérêt à mon égard, ou si elles m'aimaient vraiment. Avec ces filles-là, en tout cas, j'ai passé des moments très agréables, j'ai noué des relations d'amitié. Parfois même un peu plus. La fille dont je parle était l'une d'entre elles. La première avec qui j'ai entretenu une véritable relation intime.

Elle était petite, pleine de charme. Cet été-là, nous nous voyions une fois par semaine. Un après-midi, j'embrassai ses lèvres délicates mais pleines, je caressai ses seins à travers son soutien-gorge. Elle portait une robe blanche sans manches et ses cheveux dégageaient un parfum citronné de shampoing.

Elle ne montrait quasiment aucun intérêt pour les Beatles. Pas davantage pour le jazz, d'ailleurs. Ce qu'elle aimait écouter, c'étaient des mélodies plus tendres, ce que l'on pourrait appeler de la musique de classe moyenne : l'orchestre de Mantovani, Percy Faith, Roger Williams, Andy Williams, Nat King Cole, ce genre-là. (À l'époque, « classe moyenne » n'était pas du tout une expression discriminatoire.)

Chez elle, il y avait beaucoup de disques de musique dite « légère ». Cet après-midi-là, elle avait mis un de ses albums préférés sur le tourne-disque et me l'avait fait écouter. Dans son salon, il y avait un bel ensemble stéréo, monumental. Nous nous étions installés sur le canapé et nous nous étions embrassés. Ses parents n'étaient pas là, nous étions seuls tous les deux. En vérité, dans cette situation, je me moquais éperdument du genre de musique qui était diffusé.

Ce que je me rappelle, durant cet été de 1965, c'est sa robe blanche, le parfum citronné de son shampoing, la sensation de son très robuste soutien-gorge à armature (les soutiens-gorge alors étaient plus proches de la forteresse que du sous-vêtement), et l'élégante prestation de l'orchestre de Percy Faith interprétant « A Summer Place ». Aujourd'hui encore, quand j'entends *A Summer Place*, ce vaste canapé moelleux me revient en mémoire.

Au passage, je signale que plusieurs années plus tard, en 1968 je crois, à peu près à l'époque où Robert Kennedy fut assassiné, l'homme qui avait été notre professeur principal lorsque nous étions dans la même classe se suicida. Il se pendit chez lui à un linteau. Il nous enseignait les sciences sociales. D'après la rumeur, il s'était suicidé parce qu'il avait été acculé à une « impasse idéologique ».

Impasse idéologique ?

Oui, dans la seconde moitié des années 1960, des gens s'ôtèrent la vie pour cause d'impasse idéologique. Pas très souvent tout de même.

J'éprouve un sentiment d'étrangeté lorsque je pense que cet après-midi d'été-là, tandis que ma petite amie et moi étions maladroitement collés l'un contre l'autre sur ce canapé, avec en musique de fond les mélodies romantiques de Percy Faith, le professeur de sciences sociales avançait pas à pas vers son fatal cul-de-sac idéologique ou, pour le dire autrement, se rapprochait du nœud de la solide corde mutique. Parfois, je me sens même pris de malaise. Parmi tous les enseignants que j'ai connus, il était l'un de mes préférés. Était-il ou non un bon professeur, là n'est pas la question, en tout cas il essayait toujours de se montrer juste envers ses élèves. Je n'ai jamais parlé avec lui en dehors de la classe, mais c'est ainsi que je m'en souviens.

Comme 1964, 1965 fut l'année des Beatles. Ils sortirent « I Feel Fine » en janvier, « Eight Days a Week » en mars, « Ticket to Ride » en mai, « Help » en septembre et « Yesterday » en octobre. Ces titres furent au top de tous les hit-parades américains. J'avais l'impression qu'on entendait leur musique presque tout le temps. Elle était là partout autour de nous, comme du papier peint soigneusement collé sur les moindres recoins des murs.

Quand ce n'étaient pas les chansons des Beatles, c'était « Satisfaction » des Rolling Stones, ou « Mr Tambourine Man » des Byrds, ou encore « My Girl » des Temptations, ou bien « You've Lost That Lovin' Feelin » par les Righteous Brothers, ou « Help Me Rhonda » des Beach Boys. Diana Ross & the Supremes enchaînaient elles aussi les succès. Mon petit transistor Panasonic ne cessait de diffuser ces chansons pleines de vie et de joie. Pour la pop music, ce fut à n'en pas douter une année mémorable, vraiment époustouflante.

On a pu dire que le temps le plus heureux de notre vie fut celui où les chansons pop avaient un sens véritable pour nous, où elles se glissaient profondément en nous, avec un parfait naturel. Peut-être en effet. Ou peut-être pas. La pop, après tout, pourrait n'être que de la pop. Et rien de plus. Comme il se pourrait que finalement nos vies ne soient que des biens de consommation contrefaits. Et rien de plus.

La demeure de ma petite amie se situait non loin du siège de la radio de Kōbe que j'écoutais habituellement. Je crois que son père importait ou exportait du matériel médical. Je ne sais rien de plus précis. En tout cas, il possédait sa propre société, qui semblait florissante. Leur résidence était nichée au sein d'une pinède, tout près de la mer. C'était autrefois un pavillon de villégiature estivale appartenant à un homme d'affaires et il avait été acheté et rénové par la famille de mon amie. Les après-midi d'été, les pins bruissaient sous la brise marine. C'était sans aucun doute le lieu idéal pour écouter « A Summer Place ».

Très longtemps après, il se trouve que j'ai regardé à la télévision, en toute fin de soirée, le film américain intitulé *A Summer Place*. Typiquement hollywoodien, mais bien réalisé, c'est un film d'amour avec Troy Donahue et Sandra Dee, qui date de 1959. Et bien sûr on y voit, tout près de la mer, des pins qui se balancent dans la brise estivale de l'après-midi. L'ensemble des cors rythme leur ondoiement, tandis que l'orchestre de Percy Faith interprète la musique de Max Steiner.

Quand je vis ce film, la scène des pins oscillant sous le vent près du rivage m'apparut comme la métaphore de la frénétique libido de la jeunesse du monde. Mais c'était peut-être seulement une vue de mon esprit, ou mes préjugés.

Dans le film, Troy Donahue et Sandra Dee sont en proie aux tourments sexuels du jeune âge et, entraînés par ces violents tourbillons, ils se heurtent à toutes sortes de difficultés, celles du monde réel. Mais les malentendus sont suivis de réconciliations, les obstacles s'évaporent comme du brouillard et, à la fin, les deux protagonistes se retrouvent et se marient. À Hollywood, dans les années 1950, une *happy end* impliquait nécessairement le mariage, une situation qui permettait d'avoir des rapports sexuels dans un cadre légal. Avec ma petite amie, bien entendu, il ne fut jamais question de mariage. Nous étions encore lycéens et nous nous contentions de nous étreindre maladroitement sur le canapé du salon avec, en musique de fond, « A Summer Place ».

« Dis, tu sais quoi ? me dit-elle un jour d'une toute petite voix, comme si elle allait me confesser quelque méfait. Je suis d'une jalousie féroce.

— Ah… répondis-je.

— Je voulais vraiment que tu le saches.

— Bon, c'est entendu.

— Quelquefois, d'être si jalouse, ça fait très mal. »

Je restai silencieux, caressant ses cheveux. À l'époque, j'étais tout à fait incapable d'imaginer ce que signifiait être atrocement jaloux, ce qui pouvait susciter un tel sentiment, ou à quoi cela pouvait conduire. J'étais bien trop occupé par mes propres émotions.

Au passage, je note que Troy Donahue, le magnifique jeune acteur du film, se retrouva plus tard sous l'emprise de l'alcool et de la drogue, il cessa de jouer et fut même à la rue pendant un certain temps. Dee épousa le chanteur Bobby Darin en 1960, ils divorcèrent en 1967. Bien entendu, rien de tout cela n'a de rapport avec l'intrigue du film *A Summer Place*. Ni non plus avec le devenir de mes relations avec ma petite amie.

Celle-ci avait un frère aîné et une sœur cadette, laquelle n'était qu'en deuxième année de collège. Mais par la taille, elle dépassait son aînée de plus de cinq centimètres. Et comme la majorité des fillettes trop grandes pour leur âge, elle n'était pas particulièrement mignonne. En outre, elle portait des lunettes aux verres très épais. Ma petite amie adorait sa jeune sœur. « Ses résultats scolaires sont incroyables ! » me dit-elle une fois. Je me fis la réflexion, à ce propos, que les siens n'étaient que très moyens. Comme les miens, en somme.

Un jour, la petite sœur nous accompagna au cinéma voir *La Mélodie du bonheur*. Il avait dû y avoir à ce moment-là des circonstances particulières pour qu'elle vienne avec nous. Le cinéma était plein à craquer, ce qui nous obligea à nous installer dans une des premières rangées. Je me souviens qu'après avoir vu de si près ce film en 70 mm sur grand écran, mes yeux étaient douloureux. Mais ma petite amie était littéralement folle des chansons du film. Elle avait acheté le 33 tours correspondant et ne cessait de l'écouter, encore et toujours. Quant à moi, je préférais de beaucoup *My Favorite Things* dans la version envoûtante de John Coltrane, mais aborder cette question avec elle n'avait aucun sens, et je m'en abstins.

Sa petite sœur ne semblait guère m'apprécier. Chaque fois que nous nous rencontrions, elle me considérait avec des yeux étranges, parfaitement dénués d'émotion, un peu comme pour évaluer si ce bout de poisson séché longtemps entreposé au fond du frigo était encore mangeable. Et, pour une raison qui me reste inconnue, son regard me laissait toujours un sentiment de culpabilité. Quand elle m'observait, on aurait dit que tout l'environnement extérieur se dissolvait (certes, il n'avait rien de remarquable), et qu'elle pouvait me percer jusqu'au plus profond de mon être. Peut-être cette sensation était-elle liée au fait que j'abritais en moi pas mal de culpabilité.

Je rencontrai son frère aîné beaucoup plus tard. Il avait quatre ans de plus qu'elle, par conséquent au moins vingt ans à cette époque. Elle ne me l'avait pas présenté et en parlait à peine. Si par hasard il en était fait mention dans la conversation, elle s'empressait de changer de sujet. À présent, je comprends que cette attitude n'était pas normale, mais je n'y avais pas prêté attention alors. Ce n'était pas sa famille qui m'intéressait. Mais elle seule, vers qui j'étais poussé par des impulsions d'une tout autre nature, et bien plus impérieuses.

Ma première vraie rencontre avec ce frère aîné eut lieu en 1965, vers la fin de l'automne.

Ce dimanche-là, j'étais venu chercher ma petite amie à son domicile. Je sonnai à l'entrée plusieurs fois, en vain. J'attendis un moment, recommençai, encore, encore, et enfin, j'entendis quelqu'un s'approcher lentement. La porte s'ouvrit et le frère aîné de mon amie apparut.

Il était légèrement plus grand que moi et plus enveloppé. Pas vraiment gras, mais plutôt comme un sportif qui, pour telle ou telle raison, a dû cesser de s'entraîner pendant un certain temps et qui, de ce fait, a emmagasiné une sorte de gras provisoire. Il avait des épaules larges et un cou relativement long et fin, des cheveux en bataille, comme s'il venait de se réveiller. Ces cheveux, drus, vigoureux, jaillissaient de tous côtés, dissimulaient ses oreilles et auraient eu bien besoin d'une visite chez le coiffeur. Il portait un pull bleu marine dont le col rond bâillait et un pantalon de jogging gris qui faisait des poches aux genoux. Un look radicalement opposé à celui de ma petite amie, toujours bien coiffée et vêtue avec soin.

Il me fixa un moment, les paupières plissées, comme s'il était ébloui, à la manière d'un animal au pelage terni qui rampe au soleil pour la première fois après une longue hibernation.

« Euh… tu dois être le copain de Sayoko ? » demanda-t-il, avant que j'aie pu dire un mot. Puis il s'éclaircit la gorge. Il avait la voix ensommeillée mais je sentis qu'elle recelait une sorte de curiosité.

« Oui », répondis-je. Je déclinai mon nom. « Il était convenu que je vienne ici à 11 heures.

— Ah… Mais Sayoko n'est pas là, maintenant.

— Elle n'est pas là maintenant, répétai-je fidèlement.

— Non, elle a dû aller quelque part. Elle n'est pas à la maison.

— Pourtant, on s'était promis que je viendrais la prendre à 11 heures aujourd'hui.

— Ah bon ? » fit le frère aîné.

Il jeta un coup d'œil vers le haut du mur derrière lui, comme s'il cherchait une pendule, mais il n'y en avait pas, juste un mur laqué de blanc. Il n'eut d'autre choix que de reporter son regard sur moi.

« Ça se peut, mais le fait est qu'elle n'est pas à la maison. »

Je ne savais pas quoi faire. Le frère non plus ne savait pas quoi faire, semblait-il. Il bâilla paresseusement et se gratta l'arrière du crâne. Chacun de ses mouvements était lent, quelque peu nonchalant.

« Je crois bien que maintenant il n'y a personne ici, dit-il. Quand je me suis réveillé, j'ai compris que j'étais seul. Ils ont dû partir quelque part. Mais où ? Ça, je n'en sais rien. »

Je restai muet.

« Papa est sans doute allé jouer au golf. Mes sœurs ont dû sortir s'amuser je ne sais où. Mais c'est plutôt bizarre que ma mère ne soit pas là. Ça n'arrive pas souvent. »

Je m'abstins de formuler un avis. Ce n'était pas ma famille.

« Mais si avec Sayoko vous vous êtes donné ce rendez-vous, je suis sûr qu'elle va revenir bientôt, ajouta-t-il. Tu ne veux pas entrer pour l'attendre ?

— Je ne voudrais pas t'ennuyer. Je vais simplement me balader un peu dans le coin, et puis je reviendrai.

— Non, ça ne me dérange pas, dit-il d'un ton ferme. Ce qui m'embêterait bien plus, ce serait d'entendre encore cette fichue sonnette, d'être obligé de venir ouvrir la porte, tout ça. Alors, entre donc. »

N'ayant pas d'autre choix, j'entrai et il me conduisit au salon. Ce salon avec son canapé qui avait accueilli nos étreintes pendant l'été. Je m'assis correctement dessus, le frère prit place sur un fauteuil en face de moi. Et, de nouveau, il bâilla longuement.

« Donc, tu es l'ami de Sayoko ? me redemanda-t-il, comme s'il lui fallait s'assurer de ce fait.

— Oui, répondis-je encore une fois.

— Pas l'ami de Yuko ? »

Je secouai la tête. Yuko était la cadette, qui dépassait son aînée par la taille.

« C'est intéressant de sortir avec Sayoko ? » demanda-t-il en me fixant avec une expression insolite dans le regard.

Je ne voyais pas quoi lui dire. Je restai donc silencieux. Mais lui attendait tranquillement une réponse de ma part.

« C'est sympa, finis-je par lâcher.

— Sympa, mais pas intéressant ?

— Non, ce n'est pas ce que je voulais... commençai-je, sans savoir comment poursuivre.

— Aucune importance, dit-il. Intéressant ou sympa, ça ne fait pas grande différence, j'imagine. Au fait, tu as pris ton petit déjeuner ?

— Oui, oui.

— Je vais faire griller des toasts. T'es sûr que t'en veux pas ?

— Non merci, ça va bien comme ça.

— Vraiment sûr ?

— Vraiment.

— Du café ?

— Non, merci. »

J'aurais bu volontiers un peu de café, mais je rechignais à m'immiscer davantage dans la famille de ma petite amie, surtout en son absence.

Il se leva sans un mot de plus et sortit du salon. Sans doute était-il allé à la cuisine préparer son petit déjeuner. J'entendis bientôt, venant du fond de la maison, des assiettes et des tasses s'entrechoquer. Et moi, seul dans le salon, assis sur le canapé en une posture décente aux yeux de n'importe qui, les mains posées sur mes genoux, j'attendis paisiblement que mon amie revienne – de je ne sais où. L'horloge indiquait alors 11 h 15.

Je fouillai de nouveau dans ma mémoire pour vérifier s'il s'agissait du bon jour et de la bonne heure. Mais oui, j'en étais certain, c'étaient bien le jour et le lieu dont nous étions convenus. La veille au soir, nous nous étions parlé au téléphone et avions confirmé notre rendez-vous. En outre, elle n'était pas du genre à oublier un engagement ou à ne pas le tenir. Et indiscutablement, il était étonnant qu'elle ait disparu un dimanche matin ainsi que toute sa famille, laissant en plan le garçon livré à lui-même.

Dans l'ignorance de la situation, je restai assis à tuer le temps. Temps qui me parut s'écouler avec une terrible lenteur. Parfois, j'entendais des bruits provenant de la cuisine. Le bruit d'un robinet qu'on manœuvre, le bruit d'une cuillère qui heurte quelque chose, le bruit d'un placard qu'on ouvre, puis qu'on referme. Ce garçon était, de toute évidence, du genre très bruyant dans la moindre de ses actions. À part cela, tout était silencieux. Au-dehors, pas de vent, pas d'aboiement. Comme une boue invisible, le silence s'insinua dans mes oreilles jusqu'à les boucher. Je dus avaler ma salive à plusieurs reprises pour les libérer.

J'aurais aimé écouter de la musique. N'importe

laquelle. Les mélodies de « A Summer Place », ou « Edelweiss », ou encore « Moon River ». Je ne demandais pas la lune. Juste de la musique. Je ne pouvais tout de même pas allumer la stéréo sans permission alors que je n'étais pas chez moi. Je regardai un peu partout à la recherche de quelque chose à lire, mais je ne découvris ni magazine ni journal. Je fouillai dans mon sac. En principe, j'avais toujours un livre de poche dedans, mais ce jour-là j'avais dû oublier d'en glisser un.

Le seul ouvrage que je dénichai était un opuscule scolaire destiné à compléter notre manuel de *Japonais moderne*. Je l'ouvris sans grand enthousiasme et me mis à le feuilleter. Je n'étais pas ce que l'on peut appeler un *vrai lecteur*, celui qui dévore chaque livre systématiquement et avec beaucoup d'attention. Mais attendre ainsi sans avoir rien à lire m'était difficile. Rester assis à ne rien faire m'est insupportable. Il est vital pour moi de tourner les pages d'un livre ou d'écouter de la musique dans ce genre de situation. À défaut de livre, j'accepte n'importe quel imprimé. J'irais jusqu'à lire l'annuaire téléphonique ou le mode d'emploi d'un fer à repasser à vapeur. En comparaison, ce complément au manuel de *Japonais moderne* n'était finalement pas à dédaigner.

Je picorai au hasard parmi les extraits de romans ou d'essais sélectionnés. Quelques-uns étaient signés d'auteurs étrangers mais la plupart étaient l'œuvre de Japonais modernes ou contemporains très célèbres – Ryūnosuke Akutagawa, Junichirō Tanizaki, Kōbō Abe, ou autres. En annexe à chaque extrait, sauf pour les nouvelles très courtes, figuraient des questions, complètement stupides pour la plupart, comme toujours. Le problème avec une question idiote, c'est qu'il est difficile de déterminer en bonne logique si la réponse sera exacte ou non. J'avais même des doutes : celui qui avait formulé ces questions aurait-il été capable d'y répondre lui-même ? Par exemple : « À partir de ce passage, que déduisez-vous de la position de l'auteur vis-à-vis de la guerre ? » Ou : « Lorsque l'auteur décrit la croissance et la décroissance de la lune, quelle sorte de symbolisme crée-t-il ? » À ces questions, on pourrait donner à peu près n'importe quelle réponse. Si vous répondez qu'en décrivant les phases lunaires, l'auteur se contente de décrire les phases lunaires, voilà tout, et qu'il ne crée aucune sorte de symbolisme, personne ne sera à même de certifier que vous avez tort. Bien entendu, on pourrait aussi fournir une réponse « relativement raisonnable » mais aboutir à des réponses « relativement raisonnables » n'est vraiment pas le but recherché, à mon avis, si l'on étudie la littérature. Quoi qu'il en soit, je passai le temps en tentant de trouver des réponses à chacune de ces questions. Et, dans la plupart des cas, ce que produisit mon cerveau – lequel ne cessait de se fortifier, de se développer, luttant jour après jour pour atteindre comme une indépendance psychologique –, ce furent des réponses « relativement déraisonnables mais pas nécessairement fausses ». Peut-être cette tendance était-elle l'une des raisons pour lesquelles mes notes à l'école n'étaient pas fameuses.

Sur ces entrefaites, le frère de mon amie revint dans le salon. Toujours hirsute mais le regard plus vif, sans doute parce qu'il avait pris son petit déjeuner.

Il tenait un grand mug de café à la main. Un mug blanc, avec, imprimée d'un côté, la photo d'un biplan allemand de la Première Guerre mondiale. Sur l'avant du cockpit étaient montées deux mitrailleuses. C'était certainement le mug qui lui appartenait en propre. Impossible d'imaginer mon amie boire là-dedans.

« Tu ne veux vraiment pas de café ? me demanda-t-il.

— Non merci, sans façon. »

Son pull était constellé de miettes de pain. Tout comme les genoux de son jogging. Sûrement tenaillé par une grosse fringale, il avait englouti ses toasts sans se soucier des miettes qui se dispersaient partout. J'imaginais aisément combien cela aurait gêné mon amie, elle toujours si soignée, si ordonnée. Moi aussi, j'aimais être soigné, ordonné, et cette qualité que nous partagions était, je pense, l'une des raisons de notre entente.

Le garçon leva les yeux vers le mur. Sur celui-là, il y avait bien une horloge. Ses aiguilles indiquaient presque 11 h 30.

« Quand je pense qu'elle n'est toujours pas revenue ! Mais où a-t-elle bien pu aller ? »

Je ne répondis rien.

« Qu'est-ce que tu lis ?

— Le complément de notre manuel de japonais.

— Mmm… fit-il en inclinant légèrement la tête. Intéressant ?

— Non, pas spécialement. Mais je n'ai rien d'autre à lire.

— Tu peux me le montrer ? »

Je le lui passai par-dessus la table basse. Il le saisit

de la main droite, la gauche tenant toujours le mug. Je craignis que du café ne se renverse sur le livret. Cela me parut très probable. Mais non, il ne fit aucun dégât. Après avoir reposé bruyamment son mug sur le plateau en verre de la table, il se mit à feuilleter l'opuscule à deux mains.

« Qu'est-ce que tu étais en train de lire ?

— Là, je lisais *Engrenage*[1] d'Akutagawa. Enfin, il n'y a que des extraits, pas la nouvelle entière. »

Il réfléchit un instant.

« *Engrenage*, je ne l'ai jamais lu. Mais, il y a longtemps, j'avais lu *Kappa*. *Engrenage*, ça n'est pas une nouvelle très sombre ?

— Si. L'auteur l'a écrite juste avant de mourir.

— Akutagawa s'est suicidé, je crois ?

— Oui. Il s'est suicidé par overdose médicamenteuse, il avait trente-cinq ans. D'après le manuel, *Engrenage* a été publié après sa mort, en 1927. Il s'agit presque d'un testament.

— Oh… fit le garçon. Tu ne voudrais pas m'en lire un passage ? »

Je le regardai d'un air étonné.

« Tu veux dire, que je te le lise à voix haute ?

— Ouais. J'ai toujours aimé qu'on me lise des histoires. Moi, je ne suis pas un bon lecteur, je bute sur les idéogrammes, tu comprends.

— Je ne suis pas très doué pour lire à voix haute.

— C'est pas grave. Essaie pas d'être bon. Simplement tu me lis l'histoire dans l'ordre, et ça ira.

1. *La Vie d'un idiot/Engrenage*, traduction d'Edwige de Chavanes, Folio, 2011. *(N.d.T.)*

Tu vois, ce n'est pas comme si on avait autre chose à faire.

— L'histoire est très déprimante, angoissante même.

— Oui, mais parfois, j'aime bien entendre ce genre d'histoires. C'est un peu combattre le mal par le mal. »

Il me tendit de nouveau le livre, reprit son mug orné du biplan avec les croix de fer allemandes et but une gorgée de café. Puis il s'enfonça dans son fauteuil et attendit que je commence la lecture.

Ce fut donc ainsi que se termina mon dimanche matin : je lus au très étrange frère aîné de ma petite amie un extrait d'*Engrenage* d'Akutagawa. Au début assez circonspect, je me pris au jeu petit à petit. Le manuel contenait les deux dernières parties de la nouvelle : « Lumières rouges » et « Avion », mais je lui lus seulement « Avion », qui faisait environ huit pages et qui s'achevait ainsi : « Ah ! Si quelqu'un pouvait avoir le geste de m'étrangler tout doucement pendant mon sommeil… » Après avoir écrit ces phrases, Akutagawa se donna la mort.

J'avais fini ma lecture, et aucun membre de la famille n'était de retour. Le téléphone ne sonnait pas et, dehors, les corbeaux ne croassaient pas. Tout était parfaitement silencieux. Le soleil d'automne illuminait la pièce à travers les rideaux de dentelle. Seul le temps poursuivait sa course, très lente mais régulière. Le frère de mon amie demeurait assis dans son fauteuil, bras croisés, yeux clos, comme pour mieux savourer les dernières lignes que je lui avais lues et les faire durer en lui.

« Je n'ai plus la force de continuer à écrire. Vivre dans ces conditions m'est devenu une souffrance intolérable. Ah ! Si quelqu'un pouvait avoir le geste de m'étrangler tout doucement pendant mon sommeil… »

À n'en pas douter, par un dimanche ensoleillé d'automne, ce n'était pas le texte à lire – qu'on l'apprécie ou non. Je fermai le livre, jetai un coup d'œil à l'horloge murale. Il était un peu plus de midi.

« Il a dû y avoir un malentendu, déclarai-je. Il vaut mieux que j'y aille à présent. »

Et je commençai à me lever. Depuis mon enfance, ma mère m'avait tellement répété qu'il ne fallait pas s'incruster chez les gens quand approchait l'heure d'un repas que, pour le meilleur ou pour le pire, ce précepte m'avait totalement imprégné et qu'il était devenu un réflexe chez moi.

« Bah ! Au point où t'en es, pourquoi ne pas attendre trente minutes de plus ? T'attends encore une demi-heure, et alors, si elle est pas rentrée, tu repars ! »

Il y avait dans son ton une étrange autorité. Je me rassis et reposai les mains sur mes genoux.

« T'es drôlement fortiche pour la lecture à voix haute ! dit-il, l'air sincèrement admiratif. On te l'a déjà dit ? »

Je fis signe que non. Personne ne m'avait jamais félicité pour mes talents de lecteur.

« Il faut vraiment bien comprendre le sens des mots, sinon, on ne peut pas lire comme tu l'as fait. La fin surtout, c'était génial.

— Euh… » bredouillai-je.

Je me sentis rougir légèrement. J'éprouvais un certain malaise car cet éloge ne me paraissait pas mérité. En tout cas, je compris que je devrais me résoudre à passer encore une demi-heure à discuter avec lui. Il avait besoin de parler avec quelqu'un.

Il joignit les paumes de ses mains devant lui, d'un geste ferme, comme s'il priait, puis soudain, il lança :

« Ça va te paraître bizarre comme question, mais est-ce qu'il t'est déjà arrivé que ta mémoire s'interrompe ?

— Que ma mémoire s'interrompe ?

— Je veux dire, comme si, à partir d'un instant *t* et jusqu'à un autre instant *t*, tu ne pouvais plus du tout te souvenir d'où tu étais ni de ce que tu faisais.

— Non, répondis-je, je ne crois pas.

— Tu te rappelles donc exactement ce que tu as fait, dans l'ordre chronologique ?

— Si ça s'est passé récemment, oui, je pense.

— Bah ouais, fit-il en se grattant longuement l'arrière du crâne. C'est ce qui est habituel. »

J'attendis qu'il continue.

« En fait, il y a un certain nombre de fois où ma mémoire s'est comme volatilisée. Par exemple, à 15 heures, elle s'est interrompue et quand je recommence à avoir des souvenirs, il est 19 heures. Et il m'est impossible de savoir ce que j'ai fait pendant ces quatre heures, ni où j'étais. C'est pas qu'il me soit arrivé quelque chose de spécial, comme de m'être cogné la tête ou d'être ivre mort ou un autre truc du même genre. Non, je suis juste en train de vivre ma petite vie ordinaire, et sans prévenir, ma mémoire fiche le camp. Je ne peux pas prévoir quand ça se produira. Et je ne sais pas du tout non plus combien d'heures ou même combien de jours cet état durera.

— Ah tiens... murmurai-je pour lui montrer que je l'écoutais.

— Par exemple, imagine que tu aies enregistré une symphonie de Mozart sur un magnétophone. Et quand tu vas pour l'écouter, la musique saute du milieu du deuxième mouvement au milieu du troisième, et ce qu'il y a entre les deux a disparu. Voilà, c'est à peu près ce qui m'arrive. Et quand je dis "disparu", ce n'est pas qu'il y ait un passage silencieux sur la bande, non. Une séquence est partie. Tu vois ce que je veux dire ?

— Je pense, oui, répondis-je d'une voix incertaine.

— S'il s'agit de musique, c'est embêtant, bien sûr, mais il n'y a pas vraiment de grosse perte, non ? Mais quand ça se passe dans ta vie, alors là, c'est terrible, crois-moi. Tu comprends... ? »

Je hochai la tête en signe d'assentiment.

« C'est comme aller sur la face cachée de la lune et en revenir les mains vides. »

De nouveau, j'eus un petit signe de tête pour lui signifier que j'approuvais, même si je n'étais pas très sûr de saisir l'analogie.

« La cause, c'est un désordre génétique, et les cas aussi extrêmes que le mien sont plutôt rares. On en compte seulement un sur des dizaines de milliers. Et parmi eux, il y a des petites différences. Un neurologue m'a examiné quand j'étais en troisième année de collège. Ma mère m'avait emmené dans un hôpital universitaire. On nous a dit le nom de cette maladie. Mais c'est un nom horrible, qui n'en finit pas, un peu comme une mauvaise blague, alors, tu penses, je l'ai oublié depuis longtemps. Qui pourrait bien s'en souvenir ? »

Il marqua une petite pause avant de poursuivre.

« En bref, à cause de cette maladie, le déroulement de la mémoire est perturbé. Une partie des souvenirs – ou pour reprendre l'image de tout à l'heure –, une partie de la symphonie de Mozart, s'est logée dans le mauvais tiroir. Et une fois là-dedans, c'est très difficile, voire impossible, de la retrouver. Voilà, c'est ce qu'on m'a expliqué. Ce n'est pas un trouble qui risque d'être fatal, ça ne te fait pas devenir fou petit à petit, non, mais dans la vie quotidienne, ça crée des problèmes. On m'a donné des médicaments à prendre tous les jours, mais ça a servi à quoi ? À rien, c'était juste un placebo. »

Il se tut alors un instant, me scrutant intensément pour voir si je comprenais ce qu'il me disait. C'était comme s'il avait collé son visage à la fenêtre d'une maison pour en inspecter l'intérieur.

« Ce genre de problème m'arrive maintenant une ou deux fois par an, dit-il finalement. Pas très souvent, d'accord, mais ce n'est pas ça qui compte. Le hic, c'est que quand ça te tombe dessus, ça te flanque de vrais soucis dans ta vraie vie. Même si ça se passe rarement, je te le dis, c'est nul pour moi de perdre la mémoire comme ça, et de pas savoir quand *ça va t'arriver*. Tu me suis, hein ?

— Mmm… » marmonnai-je vaguement. Je ne pouvais guère faire plus qu'écouter l'histoire très étonnante qu'il me débitait à toute vitesse.

« Un exemple : quand ça m'arrive, autrement dit,

quand ma mémoire est HS, si je prends un gros marteau et que je frappe quelqu'un à la tête, quelqu'un que j'adore pas, t'imagines le pataquès ? Tu peux pas te contenter de balayer l'affaire, en disant "Désolé, c'est embêtant". J'ai pas raison ?

— Si, bien sûr.

— Et si les flics s'en mêlent et que je leur explique : "En fait, c'est qu'à ce moment-là, ma mémoire s'était envolée !", tu crois qu'ils avaleront mes salades ? »

Je fis signe que non, évidemment.

« Et il y a vraiment quelques mecs qui me tapent sur le système. Qui m'enquiquinent à mort. Mon père, par exemple. Pourtant, dans mon état normal, jamais de la vie j'irais lui donner un coup de marteau sur la tête ! Je me contrôle, tout de même. Mais quand ma mémoire fout le camp, je sais pas de quoi je suis capable… »

Je gardai pour moi mon opinion et inclinai seulement la tête.

« D'après le médecin, il n'y a aucun danger que ça arrive. C'est pas comme si quelqu'un s'emparait de ma personnalité quand ma mémoire prend le large. Genre Dr Jekyll et Mr Hyde. Je reste moi-même. Sauf que la musique qui a été enregistrée file directement du milieu du deuxième mouvement au milieu du troisième. Autrement dit, il y a très peu de chances que je prenne un marteau et que je frappe quelqu'un au cours de cet état d'absence. Je reste toujours capable de me dominer et, la plupart du temps, je me comporte décemment. À un certain moment, Mozart ne se transforme pas soudain en Stravinski. Il reste Mozart.

Simplement, la conséquence, c'est qu'une partie de son œuvre s'est perdue dans le mauvais tiroir. »

Il se tut un instant, but une gorgée de café dans son mug au biplan. Et j'en aurais bien aimé un peu, moi aussi.

« Enfin, c'est ce que le médecin m'a dit. Mais jusqu'où tu dois faire confiance à un toubib ? Vaut mieux prendre ce qu'ils racontent avec des pincettes. Quand j'étais au lycée, ça me faisait vachement peur : et si, alors que j'étais dans cette espèce de vacuité, je frappais un de mes camarades avec un marteau ? Un lycéen, il ne sait pas encore qui il est, tu comprends ? C'est comme s'il vivait dans un conduit souterrain. Ajoute à ça les complications de ta mémoire qui flanche, ça fait vraiment beaucoup ! »

J'acquiesçai en silence. Il avait peut-être raison.

« À cause de tout ça, j'ai quasiment arrêté d'aller en classe, poursuivit-il. Plus je pensais à mon état, plus j'avais peur, et je n'arrivais plus à retourner au lycée. Ma mère a expliqué la situation à mon prof et, malgré toutes mes absences, il a fait une exception pour moi et j'ai quand même obtenu mon diplôme de fin d'études. Je suppose que le bahut avait envie de se débarrasser d'un élève à problèmes le plus vite possible. Mais je ne suis pas allé à l'université. Mes résultats n'étaient pas si mauvais, j'aurais pu intégrer une université quelconque, sauf que je n'avais pas assez confiance en moi pour mettre le nez dehors. Et depuis, je traîne à la maison. Je sors promener le toutou, sinon je bouge pas trop d'ici. Ces derniers temps, j'ai l'impression d'être moins terrorisé. Du coup, si les choses se calment encore un peu, je finirai peut-être par aller à l'université. »

Il se tut. Moi aussi. Je ne savais absolument pas quoi dire. Je comprenais à présent pourquoi ma petite amie ne voulait jamais parler de son frère.

« Merci de m'avoir lu cette histoire, reprit-il. *Engrenage* est vraiment un bon texte. Pour être sombre, c'est sûr qu'il est sombre, mais il y a certains passages qui m'ont touché. T'es sûr que tu veux pas de café ? Ça prendra qu'une minute.

— Non merci, vraiment. Il vaut mieux que j'y aille maintenant. »

Il jeta de nouveau un coup d'œil à l'horloge murale.

« Pourquoi tu ne patienterais pas jusqu'à midi et demi ? Et si personne n'est rentré alors, tu t'en iras. Moi, je vais dans ma chambre à l'étage, tu seras donc libre de partir quand tu voudras. Ne t'en fais pas pour moi. »

J'acquiesçai.

« C'est intéressant de sortir avec Sayoko ? me demanda-t-il encore une fois.

— Oui, c'est intéressant.

— Et pourquoi ?

— Il y a tellement de choses chez elle que je ne connais pas. » Une réponse très honnête, je trouve.

« Hum… fit-il en réfléchissant. Maintenant que tu le dis, oui, c'est juste. C'est ma petite sœur, nous avons des liens de sang, les mêmes gènes et tout, nous vivons ensemble sous le même toit depuis qu'elle est née, mais il y a des tas et des tas de trucs que je ne capte pas chez elle. Comment dire… Qu'est-ce qui la motive, par exemple ? Alors, si c'était possible, j'aimerais que tu comprennes ces choses-là pour moi. Même si certaines, il vaut peut-être mieux ne pas les démêler. »

Le mug dans une main, il se leva et me lança :

« En tout cas, fais de ton mieux ! et, agitant en l'air sa main libre, il quitta la pièce.

— Merci », répondis-je.

L'horloge indiquait midi et demi passé, et il n'y avait toujours aucun signe du retour de la famille. Je me dirigeai donc vers la porte d'entrée, enfilai mes baskets et sortis. Je longeai la pinède jusqu'à la gare, montai dans un train et rentrai chez moi. C'était un dimanche après-midi d'automne étrangement calme.

Peu après 14 heures, ma petite amie m'appela.

« Ce qu'on s'était promis, c'était que tu viennes me chercher à la maison *dimanche prochain* », m'affirma-t-elle.

Je n'étais pas totalement convaincu mais son ton était si péremptoire qu'elle devait être dans le vrai. J'avais dû me tromper. Je m'excusai humblement d'avoir débarqué chez elle une semaine trop tôt.

Je ne lui racontai pas que, pendant que je l'attendais, j'avais eu une longue conversation avec son frère. Enfin, « conversation » n'était peut-être pas le terme approprié étant donné que je l'avais surtout écouté, lui. Inutile également de préciser que je lui avais lu à voix haute *Engrenage* de Ryūnosuke Akutagawa. Et que son frère, de son côté, m'avait parlé de son désordre neurologique et de ses trous de mémoire. Si lui-même ne le lui avait pas confié, j'avais l'intuition que ce n'était pas à moi de le faire.

Ma seconde rencontre avec son frère eut lieu dix-huit ans plus tard. Nous étions à la mi-octobre. J'avais alors trente-cinq ans, je vivais à Tōkyō avec ma femme. Mon travail m'occupait énormément et je n'étais que très rarement retourné à Kōbe.

C'était la fin de l'après-midi, je grimpais une rue en pente de Shibuya afin d'aller récupérer une montre que j'avais donnée à réparer. J'avançais droit devant moi, perdu dans mes pensées, lorsque je croisai un passant qui se retourna et m'interpella.

« Excusez-moi ! » fit-il, avec un incontestable accent du Kansai.

Je m'arrêtai, fis demi-tour et me trouvai face à un homme qui me parut inconnu. Il avait l'air un peu plus âgé que moi, et il était aussi un peu plus grand. Il portait une veste de tweed gris foncé, un pull en cachemire crème et un pantalon chino brun. Des cheveux coupés très court, le gabarit d'un athlète et un bronzage soutenu (j'aurais dit, celui d'un joueur de golf). Des traits pas vraiment fins mais qui avaient du charme. Séduisant, en somme. Il me donna l'impression de quelqu'un satisfait de sa vie. Et bien élevé aussi.

« Je ne me rappelle plus votre nom, mais est-ce que par hasard vous ne seriez pas l'ancien petit ami de ma jeune sœur ? » me dit-il.

J'observai de nouveau son visage, mais aucun souvenir ne me revenait.

« Votre jeune sœur ?

— Sayoko. Je crois que vous étiez dans la même classe au lycée. »

Mon regard s'attarda sur une toute petite tache de sauce tomate sur son pull crème. L'homme était très soigné et cette tache minuscule me frappa car elle jurait avec l'ensemble de sa tenue. Le genre de manie ou de mauvaise habitude qui a bien du mal à guérir avec le temps. Et soudain, je me souvins : le frère aux yeux endormis qui portait un pull bleu marine au col bâillant, constellé de miettes de pain.

« Je me rappelle, dis-je. Vous êtes le frère aîné de Sayoko. Nous nous sommes rencontrés chez vous une fois, n'est-ce pas ?

— Exactement. Et vous avez lu pour moi *Engrenage* d'Akutagawa. »

J'eus un petit rire.

« C'est incroyable que vous m'ayez repéré dans cette foule. Nous ne nous sommes vus qu'une fois, et c'était il y a longtemps.

— Je ne sais pas très bien pourquoi, mais je n'oublie jamais un visage. J'ai toujours eu ce type de mémoire. Et puis, vous n'avez pas changé du tout.

— Mais vous, si. Vous semblez tellement différent aujourd'hui !

— Eh oui, comme on dit, la vie a passé, de l'eau a coulé sous les ponts, répondit-il en souriant. Comme vous le savez, les choses ont été très difficiles pour moi à une époque.

— Et que devient Sayoko ? »

Il jeta un regard troublé alentour, inspira lentement, puis expira. Comme pour mesurer la densité de l'air environnant.

« Au lieu de rester plantés là dans cette rue pleine de monde, pourquoi n'irions-nous pas nous asseoir quelque part pour bavarder ? Si vous avez le temps ? » me proposa-t-il.

Je lui répondis d'accord, je n'étais pas pressé.

« Sayoko n'est plus de ce monde », m'annonça-t-il calmement.

Nous étions assis de part et d'autre d'une table en plastique, dans un café voisin.

« Elle n'est plus… ?

— Elle est morte. Il y a trois ans. »

Je restai sans voix durant un bon moment. J'avais la sensation que ma langue gonflait à toute vitesse dans ma bouche, qu'elle devenait énorme. Je tentai d'avaler ma salive mais je n'y parvins pas vraiment.

La dernière fois que j'avais rencontré Sayoko, elle avait vingt ans. Elle venait d'obtenir son permis de conduire et, au volant d'un Toyota Crown coupé (qui appartenait à son père), elle nous avait emmenés au sommet du mont Rokko. Sa conduite était encore un peu hésitante mais elle avait l'air ravie d'être au volant. Comme on pouvait s'y attendre, l'autoradio diffusait une chanson des Beatles. Je m'en souviens parfaitement. « Hello, Goodbye ». « *You say goodbye, and I say hello* ». Je l'ai déjà dit, leur musique était alors omniprésente.

Je ne parvenais pas à intégrer la réalité de sa mort. Désormais, elle n'appartenait donc plus à notre monde : était-ce pensable ? Je ne sais comment l'exprimer – cela me semblait terriblement irréel.

« Et comment est-elle morte ? demandai-je, d'une voix sans timbre.

— Elle s'est suicidée », répondit-il. Il parut choisir ses mots avec précaution. « Quand elle avait vingt-six ans, elle s'est mariée avec un collègue de la compagnie d'assurances dans laquelle elle travaillait, ils ont eu deux enfants, et puis, elle s'est ôté la vie. Elle avait juste trente-deux ans.

— En laissant derrière elle ses enfants... ? »

Le frère aîné de mon ancienne petite amie hocha la tête.

« Oui. Ils ont eu un garçon, d'abord. Puis une petite fille. Le mari s'en occupe très bien. Et moi, je vais souvent les voir. De gentils enfants. »

J'avais encore du mal à appréhender cette réalité. Mon ancienne petite amie s'était suicidée, elle avait laissé derrière elle deux très jeunes enfants ?

« Mais pourquoi a-t-elle fait cela ?

— Personne n'en connaît la raison, répondit-il en secouant la tête. À cette période, elle n'était pas particulièrement soucieuse ou déprimée. Elle était en bonne santé, je crois qu'elle et son mari s'entendaient bien, et elle adorait ses enfants. Elle n'a laissé aucun mot. Son médecin lui avait prescrit des somnifères, elle les a accumulés et les a avalés d'un seul coup. Il semble donc qu'elle avait planifié son suicide depuis longtemps. Elle voulait vraiment mourir. Chaque jour, pendant six mois, elle a mis de côté ses cachets. Elle n'a pas agi sous le coup d'une impulsion. »

Je restai silencieux de longs instants. Lui aussi. Chacun perdu dans ses pensées.

Ce jour-là, dans un café du mont Rokko, nous avions rompu, mon amie et moi. Je fréquentais alors une université de Tōkyō où j'avais rencontré une étudiante dont j'étais tombé amoureux. Cela, je l'avouai tout de go à Sayoko. Elle ne dit pratiquement pas un mot, elle prit son sac à main, se leva et quitta en hâte l'établissement sans même se retourner.

Résultat, je dus rentrer seul en empruntant le téléphérique pour redescendre du mont Rokko. Sayoko était sans doute retournée à Tōkyō au volant de la Toyota blanche. La journée était incroyablement ensoleillée et je me souviens que je pouvais voir tout Kōbe et ses environs par la fenêtre de la cabine. C'était un très beau paysage. Mais ce n'était pas la ville à laquelle j'étais habitué.

Ce fut la dernière fois que je vis Sayoko. Elle entra ensuite à l'université, puis obtint un poste dans une grande compagnie d'assurances, elle épousa un de ses collègues, elle eut deux enfants, elle amassa des somnifères et elle se suicida.

J'aurais rompu avec elle tôt ou tard. Pourtant, j'ai de bons souvenirs des années que nous avons passées ensemble. Elle a été ma première petite amie, j'avais beaucoup d'affection pour elle. C'est elle qui m'apprit ce qu'était un corps de femme. Nous avons fait toutes sortes d'expériences nouvelles, nous avons partagé beaucoup de moments heureux, de ceux que l'on ne connaît qu'aux alentours de ses vingt ans.

Il est douloureux pour moi d'avouer ce qui suit mais Sayoko ne m'a jamais fait entendre ce tintement spécial au fond de mon oreille. J'ai eu beau écouter de toutes mes forces, je ne l'ai jamais entendu. Malheureusement. L'étudiante que j'ai rencontrée à Tōkyō, elle, me l'a fait percevoir. Ce n'est pas un choix qui s'opère en toute liberté, suivant la logique ou la raison. Il arrive ou pas. Quand il survient, il se fait tout seul, dans votre conscience ou en un point très profond de votre âme.

« Vous savez, me dit le frère aîné de mon ancienne petite amie, il ne m'était jamais venu à l'esprit que Sayoko pouvait se suicider. Et même si tous les humains avaient dû se suicider, je crois qu'elle seule aurait tout fait pour survivre. Je ne l'ai jamais considérée comme une femme qui aurait perdu ses illusions ou qui aurait dissimulé en elle je ne sais quelle angoisse. Ce n'était pas son genre, à mon avis. En vérité, je la trouvais un peu superficielle, écervelée. Je ne me suis jamais vraiment soucié d'elle, et la réciproque était vraie aussi, je pense. Peut-être que simplement, nous n'étions pas sur la même longueur d'onde… En fait, je m'entendais mieux avec mon autre sœur. Mais maintenant, j'ai l'impression d'avoir été horrible avec Sayoko, et cela me fait très mal. Peut-être que je ne l'ai jamais connue. Je n'ai jamais rien compris de ce qui la concernait. Je devais être trop préoccupé par ma propre personne. Sans doute que quelqu'un comme moi ne possédait pas les forces suffisantes pour lui sauver la vie, mais tout de même, j'aurais dû être capable de comprendre deux ou trois petites choses sur elle. À présent, c'est dur à supporter. J'étais tellement arrogant, tellement égocentrique. »

Je n'avais rien à dire de plus. Peut-être bien que moi non plus, je n'avais rien compris d'elle. Peut-être que comme lui, j'étais trop préoccupé par ma propre vie.

« Dans la nouvelle que vous m'aviez lue alors,

Engrenage, l'aviateur, à force de ne respirer que de l'air de haute altitude, devient peu à peu incapable de supporter l'atmosphère terrestre. C'est ce qu'on appelle *le mal des aviateurs*. Je ne sais pas si cette pathologie existe vraiment, mais je me souviens encore de ces lignes.

— Avez-vous surmonté vos problèmes d'autrefois ? Lorsque votre mémoire s'échappait pendant un certain temps ? »

Je voulais changer de sujet, ne plus parler de Sayoko.

« Ah oui, répondit-il en plissant les paupières. C'est plutôt étrange, mais ce trouble a disparu spontanément. Comme il s'agit d'une maladie génétique, le médecin avait dit qu'elle s'aggraverait avec le temps, mais non, elle s'est tout simplement évaporée. Comme si je n'en avais jamais souffert. Ou comme si un esprit malfaisant avait été expulsé de moi.

— Ah, vous m'en voyez heureux. » Et je l'étais vraiment.

« D'ailleurs, cela s'est passé peu de temps après notre rencontre. Par la suite, je n'ai plus jamais subi ces interruptions de mémoire, pas une seule fois. Je me suis senti beaucoup plus calme, j'ai pu entrer dans une université à peu près correcte, j'en suis sorti diplômé et j'ai pris la succession de mon père. Il m'a fallu bien des détours pendant plusieurs années, mais finalement je mène à présent une vie normale.

— Vous m'en voyez heureux, répétai-je. Et vous n'avez donc pas cogné sur la tête de votre père avec un marteau.

— Vous aussi, dites donc, vous vous souvenez

de ces trucs idiots ! dit-il en éclatant d'un rire tonitruant. Mais vous savez, je ne viens pas souvent à Tōkyō pour mon travail et c'est incroyable que je sois tombé sur vous dans cette ville gigantesque. Je ne peux m'empêcher de penser qu'il y a comme un lien entre nous.

— Oh, sûrement, dis-je.

— Bon, et vous alors ? Vous vivez en permanence à Tōkyō ? »

Je lui racontai que je m'étais marié tout de suite après être sorti de l'université, et que depuis, je vivais ici. À présent, je gagnais ma vie en écrivant.

« Vous êtes écrivain ?

— Oui. Quelque chose comme ça.

— C'est vrai que vous étiez très doué pour la lecture, affirma-t-il d'un ton convaincu. Ce que je vais vous dire vous pèsera peut-être sur la conscience, mais je crois que c'est vous que Sayoko a vraiment aimé, plus que quiconque. »

Je ne répondis rien. Et le frère aîné de mon ancienne petite amie n'ajouta rien de plus.

Nous nous dîmes au revoir. Je repartis chercher ma montre, qui devait être réparée, et le frère de mon ancienne amie redescendit lentement la rue vers la gare de Shibuya. Sa silhouette en veste de tweed fut bientôt engloutie dans la foule de l'après-midi.

Je ne l'ai plus jamais revu. Le hasard nous avait accordé une seconde chance. Presque vingt ans s'étaient écoulés entre nos rencontres, les villes où nous habitions étaient éloignées d'environ six cents kilomètres, et pourtant nous nous étions assis ensemble, avec juste une table entre nous, nous avions bu un café et nous avions discuté de choses et d'autres. Mais pas de ces choses banales dont on parle ordinairement dans un établissement de ce type. Dans notre conversation, il y avait eu un élément bien plus important, quelque chose qui avait du sens pour nous, dans la façon dont nous vivions notre vie. Ce n'était cependant qu'une suggestion, offerte par le hasard. Autrement, rien ne nous reliait organiquement.

« Question : dans la vie de ces deux hommes, qu'est-ce que les rencontres et les conversations suggèrent symboliquement ? »

Je n'ai plus revu non plus la jolie fillette, celle qui pressait contre son cœur le disque *With the Beatles*. Parfois, je m'interroge : court-elle toujours dans ce couloir mal éclairé de 1964, le bas de sa jupe voltigeant autour d'elle ? À seize ans encore, cet album avec sa magnifique pochette où l'on voit les demi-portraits en ombre de John, Paul, George et Ringo, continue-t-elle à le tenir contre elle étroitement serré, comme s'il n'y avait rien au monde de plus précieux ?

5

Recueil de poèmes des Yakult Swallows

Je voudrais tout d'abord affirmer ceci : j'aime le base-ball. J'aime me rendre au stade et voir se dérouler le match de mes propres yeux. Je me coiffe d'une casquette et j'emporte un gant pour pouvoir attraper une balle hors jeu, au cas où je serais assis sur un gradin du champ intérieur, et si j'ai pris place sur un gradin du champ extérieur, une balle de *home run*. Je n'aime pas regarder les matchs à la télévision, car j'ai toujours le sentiment que je rate le plus important. C'est comme avec le sexe, ou non peut-être, laissons cela de côté. En tout cas, un match sur un écran de télévision, ça n'est pas excitant. Même si je ne sais pas dire exactement pourquoi.

Pour être concret, disons que je suis fan des Yakult Swallows. Je n'irais pas jusqu'à me qualifier de supporter inconditionnel, passionné, mais oui, je suis un vrai fan fidèle de cette équipe. Et je la suis depuis longtemps. J'allais déjà régulièrement au stade Jingu quand elle s'appelait encore les Sankei Atoms. J'habitais non loin du stade et, à vrai dire, c'est la même chose aujourd'hui. Me rendre à pied à ce stade est pour moi un critère décisif pour le choix de mon appartement à Tōkyō. Et, bien entendu, je possède un grand nombre de maillots et de casquettes.

Le Jingu a depuis toujours été un lieu tranquille, et il n'a jamais cherché à attirer un afflux massif de visiteurs. Pour le dire de façon plus claire, il est en général quasiment vide. On ne vous refuse presque jamais un billet d'entrée. Par ce *presque jamais*, je veux dire que l'éventualité est aussi rare que de tomber sur une éclipse de lune quand on se promène de nuit, ou de rencontrer un chat écaille de tortue mâle, de surcroît affectueux, dans un jardin du voisinage. En réalité, j'apprécie le fait qu'il y ait si peu de visiteurs. Depuis tout petit, j'ai une aversion pour la foule.

Bien entendu, je ne suis pas devenu fan des Yakult Swallows parce que le public est souvent si clairsemé. Ç'aurait été une insulte à cette équipe. Pauvres Yakult Swallows ! Pauvre Jingu ! Mais il faut bien avouer que, presque toujours, les gradins occupés par les supporters de l'équipe invitée se remplissent plus vite que ceux de l'équipe locale. Ce qui n'existe sans doute nulle part ailleurs.

Comment se fait-il donc que je sois devenu fan de cette équipe ? Quels longs chemins sinueux ai-je empruntés pour nouer des liens d'amitié si profonds avec les Yakult Swallows et le stade Jingu ? Quels univers ai-je traversés pour me retrouver sur cette éphémère étoile vacillante, à peine visible dans le ciel nocturne, et en faire ma bonne étoile ? C'est une longue histoire. Je vais tenter de la raconter. Il n'est pas exclu qu'elle constitue aussi comme une courte biographie d'un être humain, moi-même.

Je suis né à Kyōto et, peu après ma naissance, ma famille a déménagé dans la région de Hanshin (qui comprend Kōbe et Ōsaka), dans laquelle j'ai vécu jusqu'à mes dix-huit ans. Shukugawa et Ashiya. Quand j'avais du temps libre, je prenais mon vélo ou bien je montais dans un train pour aller voir un match au stade Kōshien. À l'école primaire, j'étais tout naturellement membre du fan-club des Hanshin Tigers (l'écolier qui n'en faisait pas partie aurait été un souffre-douleur). On dira ce qu'on voudra, mais le stade Kōshien est le plus beau de tout le Japon. Chaque fois que je franchissais la porte d'entrée couverte de lierre et que j'émergeais de l'escalier en béton chichement éclairé, la vue de la vaste pelouse, telle une mer verte, faisait battre plus vite mon cœur de jeune garçon. Je le sentais palpiter comme si une colonie de nains endiablés pratiquait le saut à l'élastique dans ma frêle cage thoracique.

Les maillots encore immaculés des joueurs s'échauffant sur le terrain, la balle d'un blanc aveuglant, le claquement joyeux quand la batte la frappait en plein cœur, les appels tonitruants des vendeurs de bière, le tableau d'affichage encore vierge avant le début du match – tout préfigurait des événements imminents. Le stade était prêt pour les acclamations, les soupirs, les cris de colère. Oui, j'en suis persuadé, à l'époque, assister aux matchs et me déplacer à pied jusqu'au stade constituaient pour moi un tout cohérent, une unité homogène et insécable.

Par conséquent, lorsque, à dix-huit ans, j'ai quitté

le Hanshin pour aller faire mes études à Tōkyō, ma décision de soutenir les Sankei Atoms, l'équipe locale qui jouait au stade Jingu, a été pour ainsi dire naturelle. Il me paraissait juste d'être le supporter d'une équipe évoluant sur un terrain que je pouvais rejoindre à pied en peu de temps. Pour ce qui est de la distance, il est vrai que le stade Kōrakuen était peut-être un peu plus proche que le Jingu, mais tout de même, j'avais aussi une morale à respecter.

Nous étions alors en 1968. L'année au cours de laquelle *Le Retour des trois soûlards* du groupe Folk Crusaders connut un grand succès, où Martin Luther King et Robert Kennedy furent assassinés, où les étudiants occupèrent la gare de Shinjuku pour la Journée internationale contre la guerre. Énumérés ainsi les uns après les autres, ces événements semblent être ceux d'une histoire très ancienne…

En tout cas, ce fut aussi l'année où je décidai que désormais, je soutiendrais les Sankei Atoms. Était-ce le destin qui me pilotait, les étoiles, mon groupe sanguin, une prophétie ou une malédiction ? Allez savoir. Mais si vous avez un calendrier sous la main, veuillez ajouter, je vous prie, dans un coin, en tout petits caractères : « En 1968, Haruki Murakami est devenu fan des Sankei Atoms. »

Je peux cependant jurer devant tous les dieux du monde que les Atoms étaient à l'époque d'une faiblesse insigne. Ils n'avaient aucun joueur vedette, l'équipe semblait misérable, et, hormis lors des matchs contre les Giants, l'assistance était tellement maigre que, pour utiliser une expression ancienne qui qualifie un lieu inhospitalier et peu achalandé, « on aurait entendu un coucou chanter ». À la place d'Astro Boy, j'aurais préféré que ce coucou soit la mascotte de l'équipe, avais-je souvent pensé à l'époque. Même si je ne savais pas très bien à quoi ressemblait un coucou.

Le Kōrakuen, lui, était toujours archiplein, grâce aux talentueux Giants et à son manager, Tetsuharu Kawakami. Ils appartenaient au groupe de presse du *Yomiuri*, lequel avait de très forts tirages grâce à la vente des billets d'entrée pour le Kōrakuen. Des joueurs comme Oh et Nakajima étaient de véritables héros nationaux. Tous les enfants portaient fièrement la casquette des Giants. Alors qu'on n'en voyait aucun avec celle des Atoms. Ou alors, ces héroïques supporters se faufilaient en tapinois dans les ruelles écartées en étouffant le bruit de leurs pas et se blottissaient sous les avant-toits. Hein, dites-moi, où est la justice là-dedans ?

Mais moi, dès que j'avais le temps (et j'en avais beaucoup à cette époque), je me rendais au stade Jingu et, tout seul, j'encourageais les Sankei Atoms en silence. Ils perdaient bien plus souvent qu'ils ne gagnaient (deux fois sur trois, je pense) mais j'étais encore jeune et il suffisait à mon bonheur d'être allongé sur la pelouse du champ extérieur, de suivre le jeu en buvant une bière et, de temps en temps, de contempler tranquillement le ciel. J'exultais quand mon équipe, contre toute attente, était victorieuse, et quand elle était battue, je me disais que perdre, c'était aussi une part importante de la vie. Dans le champ extérieur du Jingu, il n'y avait alors pas de gradins, juste un talus envahi par des herbes folles sur lesquelles je pouvais à ma guise m'asseoir ou m'allonger et étaler mon journal (bien entendu, c'était le *Sankei Sports*). Les jours de pluie, naturellement, le sol se transformait en boue.

Lorsque, en 1978, l'équipe remporta sa première victoire, j'habitais à seulement dix minutes à pied du Jingu, à Sendagaya. Dès que j'avais du temps libre, je me rendais au stade. Cette année-là, les Yakult Swallows (l'équipe avait déjà changé de nom) devinrent champions de la Ligue pour la première fois en leurs vingt-neuf années d'existence, et, dans la foulée, furent largement vainqueurs des Japan Series. Une année miraculeuse. Et cette même année, alors que j'avais vingt-neuf ans, j'écrivis ce qui ressemble à un roman, *Écoute le chant du vent*, mon premier écrit, pour lequel je reçus le prix des nouveaux auteurs décerné par la revue littéraire *Gunzo*. À partir de cette date, on put me désigner comme un écrivain. Bien sûr, ce n'était qu'une coïncidence, mais je ne peux m'empêcher d'y voir comme une connexion inéluctable.

Tout cela pourtant eut lieu plus tard. De 1968 à 1977, j'ai assisté à un nombre astronomique (à ce qu'il m'a semblé) de matchs perdus. Pour le dire autrement, je m'étais peu à peu habitué à un monde de défaites constantes. Tel un plongeur qui adapte son corps à la pression de l'eau, lentement mais sûrement. Car dans la vie il y a plus de défaites que de victoires. Et la véritable sagesse consiste davantage à apprendre à être un bon perdant qu'à savoir comment vaincre. « Vous ne pouvez pas comprendre quel avantage nous avons ! » Telle était l'objection que j'adressais aux nombreux supporters des Giants (et que, bien sûr, je ne formulais pas à haute voix).

Assis seul sur le champ extérieur du Jingu, ces années sombres me parurent semblables à un long tunnel. Pour tuer le temps, tout en regardant évoluer les joueurs, j'écrivais sur un cahier des sortes de poèmes. Des poèmes sur le base-ball. À la différence du foot, il y a au base-ball de longues pauses entre les différentes manches, durant lesquelles je pouvais quitter le terrain des yeux et prendre des notes sans rien rater d'important. Le base-ball est un jeu très calme et les matchs à propos desquels j'écrivis des poèmes étaient généralement ennuyeux, médiocres, avec de fréquents changements de joueurs (oh ! Combien en ai-je vus...).

Voici le premier poème de ma collection. Il en existe deux versions, une longue et une courte. Celle-ci est la longue, que j'ai légèrement modifiée plus tard.

Défenseur du champ droit

Cet après-midi-là de mai, toi
tu te tiens sur le champ droit
du stade Jingu.
En défense des Sankei Atoms.
C'est ton rôle.
Moi à l'arrière du champ extérieur droit
je bois une bière un peu tiède.

Comme toujours.
Le batteur de l'équipe adverse lance la balle
dans le champ droit.
Une simple pop fly.
La balle s'élève très haut, sans vitesse.
Le vent est tombé.
Le soleil n'éblouit pas.
Et voilà, pas plus haut.
Toi, tu lèves un peu les mains
Tu avances de trois mètres à peu près.
Okay.
Moi j'avale une gorgée de bière
J'attends que la balle retombe.
Comme si elle se servait d'un instrument
[de mesure
La balle
Tombe pile trois mètres derrière toi.
Bruit sec comme un maillet
qui frappe le bord de l'univers
Je m'interroge.
Pourquoi faut-il que je supporte
une équipe pareille
Énigme à l'échelle spatiale

Je ne sais pas si l'on peut vraiment appeler poème ces lignes-là. Dans ce cas, les poètes reconnus comme tels s'en irriteront peut-être. Ils voudront m'attraper, voire me pendre à ce poteau électrique. Gros problème en perspective. Mais comment appeler ces écrits ? Dites-le-moi si vous connaissez l'appellation idoine. Pour le moment en tout cas, je m'en tiens au terme « poème ». Et je décide que tous ensemble ils forment un recueil intitulé *Poèmes des Yakult Swallows*, destiné à être publié. Piquez une colère de plus, vous, les vrais poètes, si vous en avez envie ! Nous étions en 1982, quatre ans après mes débuts comme romancier (malgré mes insuffisances en la matière) et peu avant que je rédige *La Course au mouton sauvage*.

Bien sûr, les éditeurs bien établis, fort sagement, ne se montrèrent aucunement intéressés à publier des choses de ce genre. Je résolus donc de procéder à une autoédition.

Heureusement pour moi, j'avais un ami imprimeur, ce qui me permit d'obtenir un rabais important. Je fis réaliser 500 exemplaires numérotés, reliés simplement, mais tous signés au stylo-plume de mon nom. Haruki Murakami, Haruki Murakami, Haruki Murakami… Sans surprise, mon œuvre ne rencontra guère d'acquéreurs. Pour être prêt à dépenser de l'argent pour des babioles pareilles, il faut en général avoir un goût prononcé pour les choses curieuses. En tout, je dus en vendre trois cents. Je fis don des autres à des amis ou des connaissances. Aujourd'hui, ce mince opuscule est un objet de collection précieux, qui se vend à un prix étonnamment élevé. On ne sait jamais de quoi demain sera fait. Il ne m'en reste à présent que deux exemplaires. Si j'en avais gardé davantage, je serais riche.

Après les funérailles de mon père, je bus pas mal de bières en compagnie de trois de mes cousins (deux du côté paternel, à peu près de mon âge, et un troisième du côté maternel, d'environ quinze ans plus jeune). À nous quatre, nous bûmes une bonne partie de la nuit.

Je me contentai d'écluser, sans rien manger. Jamais de ma vie je n'avais avalé autant de bière. Sur notre table on pouvait compter jusqu'à une vingtaine de bouteilles vides de Kirin. Et aucun problème de vessie ! Sans compter qu'entre deux bières, dans un club de jazz voisin de la maison funéraire, j'ingurgitai un certain nombre de doubles Four Roses *on the rocks*.

J'ignore totalement pour quelle raison je bus autant cette nuit-là. Il n'y avait alors en moi ni tristesse ni sensation de vide. Aucune émotion profonde. En tout cas, en dépit de la quantité d'alcool que j'absorbai, aucune ivresse ni gueule de bois. À mon réveil le lendemain matin, j'étais plus lucide que jamais.

Mon père était un supporter inconditionnel des Hanshin Tigers. Dans mon enfance, il était toujours d'une humeur de chien quand les Tigers perdaient. Et sa physionomie tout entière changeait. Si l'alcool s'y ajoutait, c'était pire. Aussi, les soirs de défaite des Tigers, je faisais mon possible pour ne pas l'irriter. C'est probablement la raison pour laquelle je ne suis jamais devenu un grand fan des Tigers, ou bien que, même si je l'avais souhaité, cela m'aurait été impossible.

Pour le dire avec beaucoup de retenue, les relations entre mon père et moi n'étaient pas vraiment bonnes. Il y avait à cela différentes raisons mais quand il mourut, à quatre-vingt-dix ans, des suites d'un cancer généralisé et d'un diabète sévère, cela faisait plus de vingt ans que nous n'avions pratiquement pas échangé un mot. Il serait donc difficile de parler de rapports amicaux. À la fin, il y eut comme un modeste rapprochement entre nous, qui survint cependant bien trop tard pour aboutir à une vraie réconciliation.

Néanmoins, il me reste aussi de beaux souvenirs.

Lorsque les St. Louis Cardinals vinrent au Japon disputer un match amical contre l'équipe japonaise des All Star, c'était l'automne, j'avais neuf ans. L'apogée du célèbre Stan Musial. Les champions de l'équipe japonaise étaient alors Inao et Sugiura. On pouvait s'attendre à une rencontre exceptionnelle. Mon père et moi allâmes ensemble au Kōshien assister au match. Nous avions pris place à l'avant des gradins du champ intérieur, non loin de la première base. Avant le début du match, les joueurs des Cardinals firent le tour du terrain et lancèrent dans le public des balles de tennis portant leurs autographes. Les spectateurs se levèrent, poussèrent des vivats, essayèrent d'attraper les balles. J'étais trop petit pour espérer en atteindre une et je restai assis, un peu ébahi, à contempler ce spectacle. Mais soudain, sur mes genoux, je vis une balle. Oui, une balle était tombée pile sur mes genoux. Comme un présent du ciel.

« Oh, bien ! » dit mon père, mi-éberlué, mi-admiratif.

D'ailleurs, c'est à peu près ce qu'il dit aussi lorsque je fis mes débuts de romancier, à trente ans. « Oh, bien ! » mi-éberlué, mi-admiratif.

C'est sans doute l'un des événements les plus extraordinaires de mon enfance. J'irais peut-être même jusqu'à parler d'un jour béni. Ne serait-ce pas la raison pour laquelle j'en suis venu à tant aimer les terrains de base-ball ? Bien entendu, avec un soin extrême, j'emportai à la maison la balle blanche tombée sur mes genoux. Mais mon souvenir s'arrête là. Qu'est devenue cette balle ? Où a-t-elle bien pu se nicher ensuite ?

Mon recueil des Yakult Swallows contient aussi ce poème, qui date, je pense, de l'époque où Osamu Mihara entraînait cette équipe. Pour je ne sais quelle raison, il m'est resté en mémoire, un souvenir particulièrement vif et pénétrant. En ce temps-là, quand j'allais au stade, j'étais toujours très enthousiaste, plein d'attentes, avide de découvrir ce qui allait arriver.

Ombre d'un oiseau

Après-midi de début d'été
8e manche du jeu. Score : 1 à 9 (je crois)
les Swallows sont perdants.
Le 6e lanceur (je crois)
s'échauffe.
Jamais entendu parler de lui.

L'ombre d'un oiseau
Aux contours nets
À ce moment précis
Traverse le gazon vert du stade Jingu

de la 1re base à la défense centrale
Je regarde vers le ciel
Je ne peux apercevoir l'oiseau
Soleil trop ardent.
Au sol, seule l'ombre noire
Se découpe dans l'herbe.
Silhouette de l'oiseau.
Un bon présage
Un mauvais ?

Je réfléchis intensément.
Et très vite je secoue la tête
Un signe de bon augure ?
Ici ? Allons donc.

Lorsque ma mère perdit progressivement la mémoire et qu'elle ne fut plus en mesure de rester seule, je retournai dans le Kansai pour réorganiser sa vie chez elle. Et je fus stupéfait de constater que ses placards étaient remplis d'une quantité invraisemblable de choses inutilisables. Je n'en croyais pas mes yeux. Que n'avait-elle pas conservé ! Des trucs incroyables avaient été accumulés. Par exemple, une grande boîte à bonbons était pleine de cartes téléphoniques et de cartes de train prépayées pour la ligne Hanshin-Hankyū. Sur chacune figurait la photo des joueurs des Hanshin Tigers. Kanemoto, Imaoka, Yano, Akahoshi, Fujikawa… des cartes de téléphone ? Enfin, qui de nos jours s'en servait encore ?

Je ne les ai pas comptées une par une, mais il devait y en avoir plus de cent. C'était un vrai mystère pour moi. Pour autant que je l'aie su, ma mère n'avait jamais manifesté le moindre intérêt pour le base-ball. Pourtant il était évident que c'était bien elle qui avait acheté ces cartes. Se serait-elle changée à mon insu en fan des Hanshin Tigers ? En tout cas, elle nia farouchement avoir acheté elle-même ces cartes à l'effigie des Tigers. « Qu'est-ce que tu me racontes, voyons ! Jamais de la vie je n'aurais acheté ça ! m'affirma-t-elle. Demande donc à ton père, tu verras bien ! »

J'étais très embarrassé. Car, enfin, cela faisait trois ans que mon père était mort.

Finalement, alors que je possédais un portable, je m'efforçai vaillamment de trouver ici ou là des téléphones publics avec lesquels je pourrais utiliser ces cartes. Par la même occasion, j'en vins bientôt à très bien connaître le nom des joueurs, lesquels, pour la plupart, étaient retraités ou avaient été transférés dans une autre équipe.

Les Hanshin Tigers.

Il y avait autrefois dans leur équipe un très sympathique voltigeur, du nom de Mike Reinbach, un vrai concentré d'énergie. Je m'en suis inspiré pour un personnage secondaire d'un de mes romans. Il avait le même âge que moi et il disparut dans un accident de voiture en 1989, aux États-Unis. Il avait trente-neuf ans. Je vivais à cette époque à Rome et j'écrivais un roman. C'est pourquoi je demeurai longtemps ignorant de sa mort. Bien entendu, les journaux italiens ne mentionnèrent pas le décès d'un voltigeur des Hanshin Tigers.

Voici le poème que j'écrivis alors :

Le postérieur du voltigeur

J'aime observer les fesses du voltigeur.
Au cours d'un match déjà perdu, minable,
Seul sur les gradins,
Y a-t-il spectacle plus délectable
Que les fesses du voltigeur ?
Ou alors, je vous en prie, dites-le-moi.
En attendant, je pourrais parler
la nuit entière
du postérieur du voltigeur.

L'arrière-train de John Scott[1]*, joueur*
du champ centre des Swallows
beauté incommensurable.
Des jambes longuissimes
Et des fesses qui
Semblent flotter dans l'air
La métaphore hardie me fait battre le cœur
Wakamatsu le voltigeur gauche
Court sur ses jambes
Exceptionnellement courtes.
Côte à côte, le séant
de Scott, à hauteur du menton
de Wakamatsu.
Le fessier de Reinbach[2]
fort naturel fort bien proportionné
Un simple coup d'œil je suis conquis.
Shane[3] *des Hiroshima Carps*
Au sage postérieur intelligent
Faut-il même dire contemplatif ?

1. John Scott évolua chez les Hanshin Tigers de 1979 à 1981, sur le champ extérieur. Il marqua quatre home runs dans un double match et reçut deux fois le Diamond Glove Award. *(N.d.A.)*

2. Mike Reinbach évolua chez les Hanshin Tigers de 1976 à 1980 dans le champ extérieur droit. Avec Hal Breeden il faisait partie des « frappeurs de nettoyage » et son jeu audacieux le rendit très populaire. *(N.d.A.)*

3. Richard Alan Scheinblum évolua en 1975 et 1976 comme voltigeur pour les Hiroshima Carps. Il participa également à un All Star Game pour la Major Baseball League. Son nom étant trop long, il fut raccourci en « Shane ». « Je suis d'accord, disait-il, même si je ne sais pas monter à cheval. » *(N.d.A.)* Allusion au film de George Stevens, 1953, *Shane*, en français : *L'Homme des vallées perdues*, histoire d'un cavalier. *(N.d.T.)*

On aurait dû l'appeler par son nom complet
Scheinblum
Ne serait-ce qu'en hommage à ses fesses.
Et le nom des voltigeurs au
Popotin sans beauté ? Réflexion faite
Je les tairai
Car ces voltigeurs aussi
Ont mère femme sœurs enfants.

Il m'est arrivé une fois d'assister à un match des Yakult Swallows contre les Hanshin Tigers depuis les gradins du champ extérieur, au stade Kōshien. J'étais seul à Kōbe, où j'étais venu pour mon travail, et j'avais mon après-midi entièrement libre. Sur le quai de la gare Hanshin Sannomiya, je vis sur une affiche qu'un match était annoncé ce jour-là. « Allons-y ! » me dis-je. Cela faisait une éternité que je n'avais pas mis les pieds au Kōshien. La dernière fois, oui, remontait à plus de trente ans.

Katsuya Nomura était l'entraîneur des Swallows et Furuta, Ikeyama, Miyamoto et Inaba étaient alors au sommet de leur forme (en y repensant, c'était un temps heureux). Le poème qui suit ne fait naturellement pas partie du recueil d'origine. Je l'ai écrit bien longtemps après sa publication.

Une île dans les flots de l'océan

Un après-midi d'été
Assis à la tribune gauche du stade Kōshien
Je cherchai du regard les supporters des
Yakult Swallows.

Je peinai
à les trouver.
Il me fallut du temps.
Ils n'occupaient que cinq mètres carrés
Pas plus.
Partout autour
Le débordement des fans des Tigers.
Souvenir du film de John Ford
Fort Apache.
Un petit régiment de cavalerie avec
À sa tête
L'opiniâtre Henry Fonda
Encerclé par une marée d'Indiens en armes
qui se perdent à l'horizon.
Situation désespérée mais
Comme une petite île dans les flots
[de l'océan
Au milieu des cavaliers
Héroïque se lève un drapeau.

Écolier je vis un jour dans ce même stade
Jouer Sadaharu Oh, encore lycéen.
Quatrième batteur au tournoi de printemps
C'est lui, le champion
qui fit gagner le lycée Waseda

Souvenir de ce jour étrangement
Net
Si proche et si lointain
Comme en regardant dans un télescope
Par le mauvais côté.
Et maintenant moi ici

Encerclé par des Indiens puissants
Aux diaboliques habits rayés
je lance de tristes plaintes
sous le drapeau des Swallows
Bien loin de chez moi
Le cœur en peine
Sur un îlot isolé dans les flots de l'océan.

Parmi tous les terrains de base-ball du monde, celui que je préfère en tout cas, c'est le Jingu. Être assis dans le champ intérieur, non loin de la première base, ou sur les gradins du champ extérieur droit. Ah, plongé au milieu de tous ces bruits, de toutes ces odeurs, que j'aime regarder le ciel ! Sentir la brise sur ma peau, boire de la bière bien fraîche, observer les gens autour de moi. J'aime tout le temps que je passe là, que mon équipe gagne ou perde, cela m'est égal.

Naturellement, je préfère qu'elle gagne. Mais que le match se termine par une victoire ou une défaite, cela ne change rien à la valeur et au poids du temps. Il demeure le même. Une minute reste une minute, une heure reste une heure. Il faut en goûter le moindre instant. Le plus important, c'est de se concilier le temps, d'en conserver le plus beau des souvenirs.

À peine installé à ma place, j'aime boire une bière brune. Mais les vendeurs de bière brune ne sont pas très nombreux. Ça prend du temps pour en trouver. Enfin j'en aperçois un, je lève la main pour l'appeler. Cette fois, c'est un tout jeune garçon, maigre, qu'on dirait sous-alimenté. Cheveux longs. Sans doute un lycéen qui travaille à temps partiel. Il commence par s'excuser : « Je suis désolé, je n'ai que de la bière brune.

— Ne t'excuse pas, lui dis-je pour le tranquilliser. J'ai attendu tout ce temps jusqu'à ce qu'on me propose enfin de la bière brune !

— Merci beaucoup ! » répond-il en riant, content.

Ce soir-là, le garçon devra sans doute s'excuser encore souvent auprès de ses clients : « Pardon, j'ai seulement de la bière brune. » Probable que la plupart des spectateurs veulent de la blonde. Je paie et lui lance « Bonne chance ! » afin de lui remonter un peu le moral.

Lorsque j'écris un roman, je ressens fréquemment la même chose. J'éprouve le besoin de m'excuser auprès de tout le monde.

« Pardon, je n'ai que de la bière brune. »

Peu importe. Je ne veux pas penser à l'écriture maintenant. Le match va commencer d'un instant à l'autre. Espérons que les Yakult Swallows l'emporteront. Bien que (en secret) je m'attende à une nouvelle défaite.

6

Carnaval

Parmi toutes les femmes que j'avais rencontrées, c'était sans doute la plus moche – non, il ne serait pas équitable de le dire ainsi. Il existait à coup sûr beaucoup de femmes bien plus laides qu'elle. Pourtant, je peux affirmer que parmi celles qui ont noué des liens intimes avec ma propre histoire et qui se sont profondément enracinées dans ma mémoire, elle était la plus moche.

Naturellement, je pourrais employer un euphémisme. Au lieu de dire « moche », je pourrais dire « pas très attrayante », dans l'espoir que mes lecteurs, et surtout mes lectrices, acceptent le fait plus facilement. Malgré tout, je préfère utiliser en toute simplicité le terme « moche », un peu rude, certes, mais plus proche, à mon avis, de la vraie personnalité de cette femme.

Appelons-la pour le moment F*. Révéler son vrai nom serait un peu déplacé, pour différentes raisons. Mais je précise que son véritable nom n'a rien à voir avec un F ni avec un *.

Peut-être F* lira-t-elle un jour cette histoire. Bien

qu'elle ait toujours déclaré ne s'intéresser qu'aux écrivaines d'aujourd'hui, il n'est pas totalement exclu qu'elle tombe par hasard sur ce texte. Et en le lisant, elle ne manquera pas de s'apercevoir que je parle d'elle. D'ailleurs, même si je l'ai décrite comme la plus moche des femmes que j'aie jamais connues, je doute qu'elle s'en soucie. Ou plutôt, j'imagine qu'elle s'en réjouira. Personne ne savait mieux qu'elle combien son apparence si peu séduisante méritait le qualificatif de « moche », au point qu'elle était même capable de retourner cette disgrâce en sa faveur.

Je pense que cette situation est très rare. Bien peu de femmes sont conscientes de leur laideur et, parmi elles, le nombre de celles qui se sentent à l'aise avec leur physique et en tirent même un certain plaisir est infiniment restreint. En ce sens, elle était quelqu'un de réellement *extraordinaire*. Et ce fut cette singularité qui m'attira vers elle, moi, ainsi que bien d'autres hommes. Comme un aimant qui attire à lui tous les métaux précieux, mais aussi la ferraille.

Parler de laideur, c'est en même temps parler de beauté.

J'ai connu quelques femmes très séduisantes. De celles dont, au premier coup d'œil, on pense : « Oh, quelle jolie femme ! » Mais ces belles créatures, ou du moins la plupart, ne me parurent jamais profiter vraiment de leur beauté, en jouir inconditionnellement. Je trouvais cela très curieux. Les femmes que la nature a dotées d'une grande beauté attirent souvent l'attention des hommes et suscitent l'envie ou la flatterie chez les autres femmes. Elles sont comblées de présents coûteux, d'hommages d'innombrables admirateurs.

Alors, pourquoi n'ont-elles jamais l'air heureuses ? Et pourquoi sont-elles même déprimées parfois ?

Il ressort de mes observations que beaucoup de jolies femmes de ma connaissance sont insatisfaites ou irritées en raison de tout petits défauts chez elles – comme chaque être humain en possède forcément – et que rancœur et amertume ne cessent de les ronger. Elles sont en permanence tracassées par ces imperfections, si minuscules ou insignifiantes soient-elles. Le cas échéant, elles peuvent en devenir *obsédées*, par exemple, que leurs gros orteils soient trop gros, que la forme de leurs ongles soit affreuse, ou la taille de leurs mamelons, différente. J'ai connu une fois une très jolie femme qui estimait que les lobes de ses oreilles étaient anormalement longs et qui les dissimulait toujours sous ses cheveux. La longueur (excessive ou non) des lobes d'oreille est quelque chose qui m'indiffère totalement (elle me montra les siens un jour, mais à mes yeux, ils étaient simplement normaux). Ou alors il n'est pas impossible que cette fameuse longueur des lobes (ou autre broutille semblable) ne soit finalement que le substitut d'autre chose.

En comparaison, ne pourrait-on pas dire d'une femme capable de jouir à sa manière de son manque de beauté – de sa laideur – qu'elle est bien plus heureuse ? Et de même que toute belle femme possède quelque laideur, toute femme laide a aussi quelque beauté. Mais contrairement aux belles, les laides, semble-t-il, s'obligent à profiter de leurs points forts. Et pour elles, ceux-ci ne sont jamais des substituts ou des métaphores.

Je vais sans doute énoncer un truisme, mais le monde dans lequel nous vivons peut être vu de manière radicalement différente selon la perspective dans laquelle on se place. L'incidence d'un rayon de soleil suffit à transformer la lumière en ombre, l'ombre en lumière. Le positif se change en négatif, le négatif en positif. Je suis incapable de juger s'il s'agit bien là du mode de fonctionnement du monde ou seulement d'une illusion d'optique. Mais dans tous les cas, on dira que F* s'adonnait à un jeu trompeur avec l'ombre et la lumière.

Je fis la connaissance de F* par l'intermédiaire d'un ami. J'avais à l'époque un peu plus de cinquante ans, et elle, environ dix ans de moins. Mais son âge n'avait aucune importance. Parce que son physique ingrat éclipsait tous les autres facteurs personnels. Ni son âge ni sa taille, pas davantage que la forme et le volume de ses seins n'avaient de poids par rapport à son irrémissible « absence-de-beauté », autrement dit, sa laideur. Sans parler, bien entendu, de la forme incongrue des ongles de ses gros orteils ou de la longueur des lobes de ses oreilles. Des brimborions qui n'entraient pas en ligne de compte.

Au foyer du Suntory Hall, au cours d'un entracte, je tombai par hasard sur un ami. Il était en train de boire un verre avec F*. Au programme du concert ce soir-là figurait principalement une symphonie de Mahler (je ne sais plus laquelle). En première partie, l'orchestre avait interprété *Roméo et Juliette*, de Prokofiev. Mon ami me présenta F*. Je trinquai avec eux deux et nous parlâmes de Prokofiev. Mon ami était lui aussi venu seul à ce concert où il avait rencontré F*. En somme, chacun de nous s'était rendu à cette soirée musicale en solo. Et entre des individus qui vont seuls à un concert naît en général une sorte de fraternité.

Dès que je vis F*, la première réflexion qui me traversa l'esprit fut que cette femme était incroyablement laide. Pourtant, elle se montra si souriante, si brillante, que cette idée me fit honte. Et à mesure que nous bavardions – comment l'exprimer au mieux ? –, je m'habituai tout compte fait à son apparence, à tel point que je n'y pensai plus du tout. Elle était éloquente et aimable et s'y connaissait sur toutes sortes de sujets. Elle avait l'esprit vif et aimait visiblement la bonne musique. Quand la fin de l'entracte fut annoncée et que nous nous séparâmes, je songeai qu'en fait c'était une femme très séduisante. Enfin, si elle avait été un peu plus jolie et son visage, malgré tout, un peu plus avenant.

Plus tard, il me fallut prendre conscience, avec acuité, de la fragilité et du caractère superficiel de ces considérations. Parce que sa personnalité puissante et ce que l'on pourrait désigner par son pouvoir d'attraction ne produisaient d'effet que grâce à son apparence inhabituelle. En d'autres termes, c'était le grand écart entre la sophistication de F* et son physique disgracieux qui créait chez elle ce dynamisme si spécial. Et elle était capable d'ajuster ce pouvoir, de l'exercer en toute lucidité.

Il m'est difficile de décrire concrètement à quel point son visage était laid. Impossible pour moi de transmettre au lecteur ses particularités, quels que soient la précision et le détail selon lesquels je les dépeindrais. Je dirai seulement avec certitude que son visage ne présentait aucun défaut fonctionnel. Mais tous ses traits, une fois assemblés, engendraient une laideur totale, absolue. Même un petit correctif ici ou là n'aurait rien changé. (La comparaison est peut-être étrange ou déplacée, mais cela me rappelle *La Naissance de Vénus*.)

Et il serait quasiment impossible de rendre compte de cette laideur d'ensemble avec des mots ou de la logique. Si d'aventure on y parvenait, cela n'aurait sans doute guère de sens. Il n'y a que deux options : accepter le fait comme tel, de manière inconditionnelle, ou bien le rejeter totalement. Comme dans une guerre où il a été décidé que l'on ne ferait pas de prisonniers.

Au début du roman *Anna Karénine*, Tolstoï note : « Toutes les familles heureuses se ressemblent ; chaque famille malheureuse est malheureuse à sa façon. » Je pense qu'on pourrait en dire autant à propos de la beauté ou de la laideur du visage d'une femme. Les jolies femmes peuvent être pour la plupart regroupées sous le dénominateur commun désigné par le terme « beauté ». (Considérez cette remarque, je vous prie, comme purement personnelle.) Chacune porte dans le dos un singe au magnifique pelage doré. Même si la fourrure de ces singes diffère légèrement par le lustre ou la nuance, son éclat fait qu'ils apparaissent tous semblables et qu'ils nous éblouissent. Par contraste, chaque femme laide porte dans le dos son propre singe au pelage hirsute. Mais la fourrure de chacun d'eux est ébouriffée, clairsemée ou soyeuse à sa manière. Comme elle ne brille pas du tout, elle ne risque pas de nous éblouir.

Le singe que F* portait sur le dos, cependant, avait de multiples visages, et si sa fourrure était sans éclat, elle possédait néanmoins des teintes complexes et diverses. Et l'impression que produisait ce singe variait énormément selon l'angle de vue, la météo, la direction du vent, l'heure de l'observation. En d'autres termes, la laideur de F* était le résultat de plusieurs formes de laideur, réunies en un seul lieu selon des règles solennelles, et cristallisées sous une force de compression particulière.

Et son singe s'accrochait à son dos paisiblement, sans hésitation, l'air parfaitement à l'aise. Comme si les causes et les effets de toutes choses s'étreignaient au centre du monde.

Quand je rencontrai F* pour la deuxième fois, je fus capable de comprendre ce phénomène dans une certaine mesure (même si j'avais du mal à le verbaliser). On a besoin de temps pour appréhender la laideur. Et il faut aussi un soupçon d'intuition, de perspicacité philosophique et éthique. Sans doute qu'une certaine expérience de la vie sera également nécessaire. Après l'avoir côtoyée le temps qu'il faut, on ressent soudain un peu de fierté. Du fait justement d'avoir possédé cette intuition, cette philosophie, cette éthique, cette expérience de la vie.

Naturellement, notre deuxième rencontre eut lieu au cours d'un concert. La salle n'était pas aussi vaste que celle du Suntory Hall. Je me souviens qu'une violoniste française interpréta des sonates de Franck et de Debussy. C'était une virtuose et ces morceaux faisaient partie de son répertoire habituel. Néanmoins, si je suis honnête, elle n'était pas au mieux de sa forme ce soir-là. Mais les deux bis qu'elle joua ensuite, des pièces de Kreisler, étaient pleins de charme.

Alors que j'étais sorti de la salle de concerts et que j'attendais un taxi, F* me héla derrière moi. Elle était en compagnie d'une amie, une femme petite et mince, très jolie. F*, pour sa part, était plutôt grande. Je la dépassais à peine.

« Dites, pas très loin d'ici il y a un café bien agréable, et si vous êtes libre, nous pourrions aller boire un verre de vin ? me dit-elle.

— Oui, volontiers », lui répondis-je.

Il n'était pas encore très tard et j'éprouvais une sorte de frustration car le concert m'avait laissé insatisfait. J'avais bien envie de boire un verre ou deux avec quelqu'un et de parler musique.

Dans un bistrot d'une ruelle voisine, je commandai du vin et une légère collation pour nous trois. À peine un instant plus tard, le portable de la ravissante amie sonna. On lui annonçait que son chat était malade. Elle partit immédiatement. Ne restaient plus que nous deux, F* et moi. Je n'en étais pas fâché, car entretemps cette dernière avait éveillé ma curiosité. Elle portait une élégante robe de soie bleue, apparemment coûteuse, avec laquelle s'harmonisaient des bijoux sobres mais originaux. Je remarquai alors qu'elle portait une alliance.

La conversation roula sur le concert de la soirée. Nous étions d'accord sur le fait que la violoniste n'était pas à son meilleur niveau. Peut-être ne se sentait-elle pas très bien, ou bien ses doigts étaient-ils douloureux, ou encore était-elle mécontente de sa chambre d'hôtel. Bien sûr, nous l'ignorions, en tout cas, quelque chose n'allait pas. Il vous arrive parfois ce genre de mésaventure lorsque vous fréquentez assidûment les salles de concerts.

Puis chacun de nous évoqua ses préférences musicales. Ce que nous aimions avant tout, l'un et l'autre, c'étaient les morceaux pour piano. Oui, bien entendu, les opéras, les symphonies et la musique de chambre nous plaisaient. Mais nous avions une prédilection marquée pour le piano. Et curieusement, nos goûts se rejoignaient sur les mêmes œuvres. Aucun de nous n'éprouvait d'enthousiasme durable pour Chopin. Ou du moins, sa musique n'était pas celle que nous aimions entendre le matin au réveil. Les sonates de Mozart étaient merveilleuses mais, en vérité, nous nous en étions lassés. *Le Clavier bien tempéré* de Bach était un chef-d'œuvre, interminable cependant, à tel point qu'il nécessitait une excellente condition physique pour être apprécié, car il était difficile de rester concentré tout au long de son écoute. Les sonates de Beethoven étaient parfois trop austères, et nous avions en vain essayé de les comprendre vraiment. Les morceaux pour piano de Brahms étaient magnifiques à condition de les écouter seulement de temps en temps, car le plaisir s'épuisait si vous les entendiez trop fréquemment. Ils en devenaient même ennuyeux. À propos de Debussy et de Ravel, il fallait être très attentif à bien choisir le moment et la situation où vous les écoutiez, sinon leurs compositions risquaient de ne pas vous émouvoir.

Qu'est-ce qui pour nous était le summum de la musique pianistique ? Quelques sonates de Schubert et certains morceaux de Schumann. « Et si vous ne deviez en choisir qu'un seul, ce serait lequel ? me demanda F*.

— Un seul ?

— Oui, un seul, répéta F*. Celui que vous emporteriez sur une île déserte. Ce serait lequel ? »

La question était difficile. Je dus y réfléchir un certain temps.

« Le *Carnaval*, de Schumann », déclarai-je résolument.

F* ferma les yeux à demi et m'observa quelques instants. Puis elle allongea les mains sur la table et fit craquer ses jointures. Dix fois, pour être précis. Si bruyamment que tous les clients des tables voisines se tournèrent vers nous. Ces craquements étaient très secs, comme une baguette de pain rassis de trois jours qu'on aurait sectionnée sur les genoux. Il n'existe pas beaucoup d'êtres humains – hommes ou femmes – qui peuvent faire craquer leurs articulations aussi fort et distinctement. Lorsque F* était très excitée, elle avait pour habitude immuable de procéder ainsi : faire craquer chacun de ses dix doigts. Dix *crac* sonores. Ce que je constaterais plus tard. À l'époque, cependant, je l'ignorais, et je me dis que pour une raison quelconque je l'avais irritée. Peut-être mon choix du *Carnaval* était-il malvenu ? Mais je n'y changerais rien. Depuis toujours, j'aimais énormément le *Carnaval* de Schumann. Même si cela devait rendre quelqu'un fou de colère au point de vouloir me frapper, il m'était impossible de mentir.

« Pensez-vous vraiment vous satisfaire du *Carnaval*, si vous ne deviez emporter qu'un seul morceau de piano sur une île déserte ? »

Fronçant les sourcils, elle leva un de ses longs doigts, comme pour me rappeler que je n'avais qu'un seul choix.

Finalement, je n'étais plus aussi confiant. Désirais-je vraiment renoncer aux *Variations Goldberg* de Bach ou à son *Clavier bien tempéré*, aux dernières sonates de Beethoven ou à son *Concerto pour piano n° 3* fabuleusement héroïque, au profit de la beauté kaléidoscopique de cette œuvre de Schumann, cette musique capricieuse, impétueuse, qui outrepasse parfois les limites de l'intelligence humaine ?

Durant quelques instants il y eut un lourd silence, durant lequel F* serra les poings à plusieurs reprises, comme pour vérifier l'état de ses jointures.

« Vous faites montre d'un goût excellent et j'admire votre courage. Oui, je suis pleinement d'accord avec vous. Gardons comme unique champion le *Carnaval* de Schumann !

— Vraiment ?

— Oui, vraiment. Moi aussi, cette œuvre m'a toujours enthousiasmée. Je l'ai écoutée si souvent que c'est un miracle si je ne m'en suis pas lassée. »

Et tandis que nous vidions la bouteille de pinot noir que j'avais commandée s'ensuivit entre nous un long dialogue sur les pièces qui composent ce *Carnaval*. C'est ainsi que naquit notre amitié. En somme, nous étions « amis de Carnaval ». Car cette relation ne dura que six mois.

Une sorte de club des adeptes du *Carnaval* fut alors

fondé par nos soins. Il ne nous était pas réservé mais, de fait, elle et moi en fûmes les seuls membres. Tout simplement parce que nous n'avions trouvé personne d'autre nourrissant une telle passion pour cette œuvre de Schumann.

Ensuite, il y eut l'écoute sans fin des très nombreux vinyles et CD consacrés à cette suite. Et si nous apprenions qu'un musicien interpréterait quelque part le *Carnaval*, coûte que coûte, nous nous rendions à ce concert. D'après le carnet dans lequel je décrivis de façon détaillée chacune de ces prestations, nous allâmes ainsi écouter trois pianistes. Et le total des disques et CD s'éleva à quarante-deux. Bien entendu, après chaque concert, nous nous livrions à un échange d'opinions et de remarques. Le morceau était décidément populaire. Il figurait dans le répertoire de nombreux interprètes du monde entier. Mais seuls quelques-uns se montrèrent à la hauteur de nos exigences. Une performance pouvait être techniquement parfaite, mais si elle était trop faible musicalement, presque toute la magie du morceau était perdue car le *Carnaval* ne devenait alors qu'un exercice de virtuosité dépourvu de vie. En fait, il était très difficile de savoir transmettre son charme, c'était hors de portée d'un pianiste ordinaire. Je ne mentionnerai aucun nom mais je dirai que même des interprètes célèbres échouèrent parfois. Leur jeu se révéla finalement fade, sans intérêt. Certains évitèrent soigneusement de s'attaquer au *Carnaval* (du moins, c'est ce que je crois). Par exemple, Vladimir Horowitz, qui aima Schumann tout au long de sa vie, et qui pourtant, pour je ne sais quelle raison, ne laissa aucun enregistrement reconnu de ce morceau. Même chose pour Sviatoslav Richter. Et je ne suis sûrement pas le seul à espérer entendre un jour Martha Argerich le jouer.

Soit dit en passant, quasiment aucun des contemporains de Schumann ne saisit ce qu'il y avait de remarquable dans sa musique. En tout cas, Mendelssohn et Chopin ne l'appréciaient guère. Et même Clara, sa propre femme, interprète dévouée de ses œuvres (et l'une des plus célèbres pianistes de son temps), aurait préféré, au fond d'elle-même, qu'il écrive des opéras conventionnels ou des symphonies, plutôt que des compositions aussi originales et imaginatives. Schumann, fondamentalement, n'aimait pas la forme classique des sonates. C'est pourquoi ses morceaux paraissent souvent décousus et comme baignés de rêve. Nombre de ses contemporains ont considéré comme excentriques et sans fondement ni contenu solide ses tentatives de rupture avec la musique classique établie pour se lancer dans des directions nouvelles. Mais en fin de compte, grâce à son audacieuse excentricité, la musique romantique a bénéficié d'un puissant élan dans son développement.

Durant ces six mois, dès que nous avions du temps libre, nous écoutions le *Carnaval*. Bien entendu, nous ne nous bornions pas à cet unique morceau, Mozart ou Brahms s'intercalaient parfois, mais à chacune de nos rencontres, c'était cette composition fétiche que nous choisissions, dans telle ou telle interprétation. Après quoi, nous échangions commentaires et opinions. Je tenais lieu de secrétaire et notais tous nos arguments. Il arriva quelquefois que F* vienne chez moi, mais plus souvent c'était moi qui me déplaçais chez elle. Elle habitait en centre-ville et moi en périphérie. Après une écoute attentive des quarante-deux enregistrements du *Carnaval*, elle déclara que l'interprétation d'Arturo Benedetti Michelangeli (Angel Records) était sa préférée. Quant à moi, je choisis celle d'Arthur Rubinstein (RCA Records). Même si nous avions évalué chaque interprétation en détail, cela ne voulait pas dire, bien sûr, que ce classement avait une véritable signification. Ce n'était qu'un jeu supplémentaire. Pour nous deux, le plus important était de discuter en profondeur de la musique que nous aimions et de pouvoir partager notre enthousiasme spontanément et en toute liberté.

Des rencontres aussi fréquentes avec une femme de dix ans ma cadette auraient dû en principe causer du désordre dans mon foyer, mais ce fut à peine si ma femme y prit garde. La raison principale de son indifférence, à savoir l'apparence si peu séduisante de mon amie, était certes indéniable. Le soupçon d'une possible relation sexuelle entre F* et moi ne lui vint vraisemblablement jamais à l'esprit. À cet égard, la laideur de F* était un avantage. Ma femme semblait penser que nous étions simplement un peu dérangés. Elle n'aimait pas vraiment la musique classique et les concerts l'ennuyaient. Elle appelait F* « ta *girlfriend* » et parfois, avec quelque ironie, elle disait « ta ravissante *girlfriend* ».

Je n'ai jamais rencontré le mari de F* (et elle n'avait pas d'enfant). Était-il absent lors de mes visites ou avait-elle choisi de me faire venir seulement quand il n'était pas là ? Impossible de trancher. D'ailleurs, je n'étais même pas certain qu'elle eût un mari. Elle n'en parlait jamais, et, autant qu'il m'en souvienne, il n'y avait dans son appartement aucun signe, aucune trace de la présence d'un homme. Néanmoins, une alliance en or étincelait à l'annulaire de sa main gauche.

Jamais non plus elle n'évoquait son passé, ni le lieu d'où elle était originaire, et ne disait pas un mot sur le genre de famille où elle avait grandi, sur sa scolarité ou sur son travail. Lorsqu'il m'arriva de lui poser des questions d'ordre personnel, elle éluda avec des sourires ambigus ou des réponses vagues. Tout ce que je savais, c'est qu'elle avait un emploi (sans être salariée d'une entreprise) et qu'elle se débrouillait plutôt bien. Elle habitait à Daikanyama, dans un bel appartement spacieux entouré de verdure, et conduisait une berline BMW du modèle le plus récent. L'équipement audio de son salon était coûteux : un préampli Accuphase haut de gamme, un lecteur CD parmi les meilleurs et de grands et élégants haut-parleurs. En outre, F* était toujours très bien habillée. Même si je ne connais pas grand-chose à la garde-robe féminine, je voyais bien qu'elle ne portait que des articles de marque.

Elle était prolixe dès qu'il s'agissait de musique. Elle avait l'oreille aiguisée et trouvait sans hésitation les mots justes pour exprimer des observations toujours pertinentes. Elle possédait une connaissance musicale étendue et solide. Mais en dehors de la musique, elle restait pour moi une énigme. Malgré tous mes efforts pour tenter de lui arracher des informations, ce qu'elle ne voulait pas dire, elle ne le disait pas.

Un jour, elle se mit à parler de Schumann.

« Comme Schubert, Schumann a contracté très jeune la syphilis, une maladie qui, avec le temps, s'attaque au cerveau. En outre, il a eu assez tôt une tendance marquée à la schizophrénie. Il n'a cessé de souffrir d'hallucinations auditives et de tremblements incontrôlables. Il croyait que des esprits mauvais le persécutaient et il était proprement persuadé de leur existence. Constamment hanté par des cauchemars, il a tenté de se suicider à plusieurs reprises. Il s'est même jeté dans le Rhin, une fois. Ses délires intérieurs se mêlaient à la réalité du dehors. Comme le *Carnaval* est une œuvre qu'il a composée assez jeune, la trace de ses génies malins n'y est pas encore tout à fait perceptible. La scène se déroule durant les fêtes du carnaval, et on voit partout des gens masqués. Mais il ne s'agit pas seulement de l'évocation d'un événement joyeux. Apparaissent l'un après l'autre les visages des fantômes qui peuplaient son cerveau, des créatures qui se transformeront ensuite en monstres, comme si elles brillaient déjà sous leurs masques enjoués. Il souffle une brise inquiétante de début de printemps, de la chair sanglante est servie à tout le monde. Carnaval ? Oui, c'est exactement ce que sa musique signifie.

— L'interprète doit donc donner une expression musicale à la fois aux masques et aux visages démoniaques cachés dessous, c'est bien ce que vous voulez dire ?

— Oui. Tout à fait. Je pense que cela n'a aucun

sens de jouer cette suite si l'on ne sait pas faire ressentir cette dualité. L'œuvre, d'une certaine façon, est certes extrêmement ludique, mais en même temps, à mon avis, elle montre à quel point sont vivants les démons qui gîtent dans les profondeurs de notre esprit. Ces sons aimables et divertissants les attirent hors des ténèbres. »

Elle resta silencieuse un moment avant de poursuivre.

« Nous vivons tous masqués – plus ou moins. Dans ce monde féroce, on ne peut pas vivre sans masque. Le visage d'un ange véritable peut être caché derrière le masque d'un diable et le visage d'un diable peut être caché sous celui d'un ange. Ce n'est jamais l'un ou l'autre, mais toujours l'un et l'autre. C'est ainsi que nous sommes, nous les humains. Ce qu'exprime le *Carnaval*. Schumann a été capable de voir les deux. Aussi bien les masques que les visages. Parce que c'était un homme à l'âme déchirée, qui vivait douloureusement écartelé entre son masque et son visage. »

Peut-être voulait-elle dire « Masque laid et beau visage – beau masque et visage laid ». C'est la réflexion que je me fis à ce moment-là. Elle parlait sans doute de quelque chose qui la concernait personnellement.

« Il se peut que certains aient gardé leur masque tellement longtemps qu'il leur colle à tout jamais à la peau, dis-je.

— Oui, c'est possible, répondit-elle à voix basse avec un petit sourire. Mais même si le masque reste collé sans plus jamais se détacher, cela ne change rien au fait que, derrière, il y a un autre visage.

— Sauf que personne ne peut le voir.

— Si, si. Il existe des hommes capables de le discerner. Quelque part, ces hommes-là existent, c'est sûr.

— Robert Schumann possédait cette faculté, mais en fin de compte il n'a pas trouvé le bonheur. À cause de la syphilis, de la schizophrénie et de ses démons.

— Mais Schumann nous a laissé une musique extraordinaire. Une musique merveilleuse, que personne d'autre que lui n'aurait pu composer », dit-elle. Et très bruyamment, elle fit craquer les articulations de ses dix doigts, l'un après l'autre. « Merci à la syphilis, à la schizophrénie, aux démons. Mais le bonheur est quelque chose de très relatif, vous ne croyez pas ?

— Peut-être.

— Une fois, Vladimir Horowitz a enregistré pour la radio la *Sonate n° 3 en* fa *mineur* de Schumann. Vous connaissez cette histoire ?

— Je ne pense pas, non », répondis-je.

Cette troisième sonate de Schumann était pour les auditeurs et pour les pianistes (sans aucun doute aussi) une œuvre particulièrement redoutable.

« Quand plus tard il l'entendit à la radio, il s'arracha les cheveux de désespoir en s'écriant que c'était horrible. »

F* fit tourbillonner le vin rouge dans son verre à moitié vide et le contempla en silence.

« Ensuite il a déclaré : "Même si Schumann était

fou, moi j'ai tout gâché." On ne pourrait pas mieux dire, vous ne croyez pas ?

— Non, on ne pourrait pas », approuvai-je.

Je trouvais F* séduisante en un certain sens, mais je n'éprouvais aucun désir sexuel à son égard. Ma femme avait raison sur ce point. Pourtant, cela n'avait rien à voir avec le physique de F*. Sa laideur ne m'aurait pas empêché d'avoir une relation sexuelle avec elle. Si je n'en avais aucune envie, c'était bien moins en raison de la laideur ou de la beauté de son visage-masque que de la peur de ce que je verrais derrière. Que ce soit le visage d'un démon ou celui d'un ange.

Quand vint le mois d'octobre, cela faisait déjà un certain temps que je n'avais plus de nouvelles de F*. J'avais déniché deux nouveaux (et intéressants) CD du *Carnaval*, et j'aurais aimé les écouter en sa compagnie. Je l'appelai donc à plusieurs reprises mais son portable était toujours sur messagerie. Je lui envoyai aussi des mails, qui demeurèrent sans réponse. Plusieurs semaines s'écoulèrent, octobre se termina. Avec l'arrivée de novembre, on commença à enfiler des manteaux. C'était la première fois que je restais si longtemps sans nouvelles d'elle. Peut-être était-elle partie pour un long voyage ? Ou peut-être avait-elle des problèmes de santé ?

Ma femme fut la première à la voir à la télévision. À ce moment-là, je travaillais dans ma chambre.

« Je ne suis pas sûre mais il me semble qu'on parle de ta *girlfriend* au journal télévisé », m'avertit-elle.

Comme d'habitude, ma femme ne prononçait jamais le nom de F*. C'était toujours « ta *girlfriend* ». Mais quand j'arrivai devant le poste de télé, il était question d'un bébé panda.

J'attendis donc les infos suivantes. Et en quatrième sujet du journal télévisé, F* réapparut. On la voyait sortir d'un bâtiment qui ressemblait à un poste de police, descendre un escalier et monter dans une fourgonnette noire. Les caméras avaient filmé ce bref trajet. Aucun doute n'était permis, il s'agissait bien d'elle. Il était impossible de se tromper. Elle était sans doute menottée, car ses mains étaient cachées par un manteau sombre. Deux policières la tenaient par les bras et la faisaient avancer. Mais F* ne baissait pas la tête. Les lèvres étroitement serrées, elle semblait imperméable au spectacle de la rue devant elle. Ses yeux étaient absolument dénués d'expression. Fixes comme ceux d'un poisson. Ses cheveux étaient un peu en désordre mais sinon, son apparence était inchangée. Cependant, il manquait au visage qu'on voyait sur l'écran cette ardeur qui lui donnait sa vitalité habituelle. Peut-être l'avait-elle volontairement cachée derrière un masque.

La présentatrice déclara que la police avait arrêté F* (son nom véritable fut divulgué) car celle-ci était soupçonnée d'avoir participé à une fraude de grande envergure. Il était précisé que le principal suspect était son mari, lequel avait été arrêté quelques jours auparavant. L'homme en question apparut également à l'écran. Je le voyais donc pour la première fois et j'en restai sans voix. C'était un homme d'une beauté pour ainsi dire fantastique, irréelle. On l'aurait pris pour un mannequin professionnel. Il fut indiqué qu'il avait six ans de moins que F*.

Bien entendu, il n'y avait aucune raison que je sois choqué simplement parce qu'elle était mariée à un homme beau et jeune. Pourquoi pas après tout ? Ce genre de couples était courant. Moi-même, j'en connaissais parmi mes relations. Néanmoins, je ne pouvais m'empêcher de ressentir quelque perplexité en pensant que F* et cet apollon de rêve vivaient sous le même toit à Daikanyama, dans une résidence haut de gamme. Ce couple incroyablement mal assorti dut certainement susciter de l'étonnement chez de nombreux téléspectateurs, mais le malaise que j'éprouvai fut bien plus personnel, et il engendra un trouble très localisé : la peau me démangeait un peu partout, douloureusement. Il y avait là quelque chose de malsain. Et puis, oui, je me sentis impuissant et trahi, comme si j'avais été attiré dans un piège invraisemblable.

Le couple était accusé de fraude à l'investissement. Ils avaient fondé une société d'investissement, récolté de l'argent auprès de citoyens naïfs auxquels ils avaient promis des rendements élevés ; puis ils avaient déplacé les sommes obtenues ici et là, sans rien investir. À ce que l'on en sait, de telles machinations sont vouées à l'échec, tôt ou tard. Pour moi, il y avait là un mystère : comment cette femme à l'évidence si intelligente, qui avait une compréhension si aiguë de l'œuvre de Schumann, pouvait-elle s'être livrée à un crime si banal et méprisable ? Forfait qui par ailleurs ne manquerait pas de la ruiner à tout jamais. Peut-être, dans la relation avec son mari, existait-il des forces négatives qui l'avaient entraînée dans le tourbillon du vice. Ou peut-être ses démons personnels s'étaient-ils insinués au cœur de ce tourbillon. Je ne distinguais pas d'alternative.

Le total des dommages se montait à plus d'un milliard de yens. La plupart des victimes étaient des personnes âgées vivant de leur pension de retraite. Les journalistes avaient interrogé certaines d'entre elles que l'on voyait à l'écran, désespérées d'avoir été spoliées jusqu'au dernier sou de ce qu'elles avaient soigneusement mis de côté pour leur vieillesse. On ne pouvait qu'éprouver de la pitié pour elles car il y avait peu d'espoir, semblait-il, qu'elles récupèrent quelque chose un jour. Mais après tout, il ne s'agissait que d'une variété banale de délit ordinaire. Pour des raisons obscures, beaucoup sont attirés par le mirage des fausses promesses. Peut-être est-ce simplement l'apparence qui les séduit. Il y aura toujours des escrocs et toujours des pigeons. Qu'importe ce qu'expliquent les savants experts de la télévision, ou sur qui ils font retomber le blâme, ces faits sont aussi inévitables que le flux et le reflux.

« Et maintenant, que vas-tu faire ? me demanda ma femme, une fois les infos terminées.

— Que veux-tu dire ? Que pourrais-je bien faire ? répondis-je en actionnant la télécommande pour éteindre la télévision.

— Mais tu es son ami, n'est-ce pas ?

— Nous nous voyions de temps en temps, nous parlions musique. C'est tout. Sinon, j'ignore tout d'elle.

— T'a-t-elle parlé une fois d'investissements ? »

Sans un mot, je secouai la tête en signe de dénégation. Elle ne m'aurait jamais entraîné dans ce genre d'intrigue, en aucune circonstance. J'aurais pu en jurer.

« Elle ne t'a jamais parlé d'argent, et toi, tu n'as jamais cru qu'elle était capable de mauvaises actions, dit ma femme. Tu n'as rien compris à ce qu'elle était vraiment. »

Non, ai-je brusquement songé. C'est faux. On ne peut pas dire que je n'avais rien compris. F* possédait une force d'attirance spéciale. Et avec son apparence inhabituelle, elle avait le pouvoir de pénétrer dans le cœur des gens. C'est ainsi qu'elle avait piqué ma curiosité. Associé au look fantastique de son juvénile époux, ce pouvoir d'attraction particulier avait toutes les chances de devenir très opérant. On pouvait être irrésistiblement happé par cet assemblage. Quelque chose dans leur interaction avait peut-être abouti à une formule maléfique capable d'abolir le bon sens et la logique. Je m'interrogeai : qu'est-ce qui avait donc bien pu rapprocher les partenaires de ce duo improbable, les réunir ?

Dans les jours qui suivirent, l'affaire fut de nouveau exposée dans les journaux télévisés, les mêmes images apparurent à l'écran, encore et encore. Elle regardait droit devant elle, toujours avec des yeux figés de poisson, et lui, le jeune et bel époux, présentait à la caméra son visage parfait, ses lèvres minces à peine retroussées, comme par réflexe. À la manière des acteurs de métier, professionnel, en somme. On aurait dit qu'il adressait son sourire au monde. Son visage n'avait pas du tout l'air d'un masque joliment confectionné.

En tout cas, une semaine plus tard, l'affaire était quasiment oubliée. Du moins, les journaux télévisés avaient perdu tout intérêt à son sujet. Je suivis son avancement dans les quotidiens et les hebdomadaires mais peu à peu le nombre des articles diminua, puis ils s'évanouirent comme de l'eau aspirée dans le sable.

F*, elle aussi, disparut totalement de mon champ de vision. Où se trouvait-elle ? Je n'en avais aucune idée. J'ignorais si elle était en prison ou si elle était retournée chez elle moyennant une caution. Je ne découvris aucun article traitant de son procès, alors qu'il avait forcément dû avoir lieu. Compte tenu de l'ampleur des dommages, elle avait certainement été condamnée. Il ressortait clairement des articles de presse qu'elle avait activement soutenu son mari dans son entreprise criminelle.

C'était il y a bien des années, mais chaque fois que j'en ai la possibilité, je me rends à des concerts où l'on donne le *Carnaval* de Schumann. Dans l'attente de la voir, elle, je scrute avec passion le public et, durant l'entracte, je bois un verre au foyer. Pas une seule fois elle ne m'est apparue mais j'entretiens toujours l'espoir qu'elle surgira au milieu de la foule.

Quand une nouvelle version du *Carnaval* sort en CD, je l'achète sans faute. Et je note mes impressions sur mon cahier. À ce jour, malgré les nombreux jeunes pianistes qui se sont essayés à jouer cette œuvre, l'interprétation que je préfère reste celle d'Arthur Rubinstein. Son jeu est semblable à une douce brise qui souffle dans l'espace entre le visage et le masque, sans chercher à arracher de force le masque que portent les humains.

Le bonheur est donc une chose toute relative. N'est-ce pas ?

Je voudrais raconter aussi un épisode qui remonte à un passé un peu plus lointain.

Durant mes années d'étudiant, je suis sorti avec une fille qui n'était pas vraiment laide, mais sûrement pas jolie non plus. Disons qu'elle était *plutôt disgracieuse*. Je la rencontrai lors d'un double rendez-vous qu'un ami avait arrangé. La copine de cet ami et cette fille fréquentaient la même université et habitaient la même pension. Elles avaient un an de moins que moi. Il y eut entre nous quatre un petit dîner rapide avant que chaque couple se sépare. Cela se passait à la fin de l'automne.

Je me promenai dans un parc en sa compagnie avant de m'asseoir avec elle dans un troquet pour boire un café et bavarder. Elle n'était pas très grande, elle avait de petits yeux et elle me parut sympathique. Elle parlait doucement, avec une certaine timidité, mais sa voix était claire. La qualité de ses cordes vocales était sans doute excellente. Elle me raconta qu'elle faisait partie du club de tennis de son université. Ses parents adoraient le tennis et elle-même y jouait avec eux depuis toute petite. Elle appartenait visiblement à une famille saine où tout le monde avait l'air de bien s'entendre. De mon côté, je n'avais jamais touché une raquette et il m'était difficile de discuter tennis avec elle. J'aimais beaucoup le jazz, mais elle n'y connaissait à peu près rien. Les sujets de conversation communs nous faisaient décidément défaut. Comme elle désirait pourtant en savoir davantage sur le jazz, je lui parlai de Miles Davis et d'Art Pepper. De quelle façon j'en étais venu à apprécier le jazz et même à en devenir fan. Elle m'écoutait avec passion. Jusqu'à quel point comprenait-elle mes histoires ? Ce n'était pas clair. À la fin, je la raccompagnai à la gare et nous nous séparâmes.

Juste avant que nous nous quittions, elle me donna son numéro de téléphone. Elle le nota sur une page blanche de son carnet, qu'elle déchira proprement et me tendit. Mais en fin de compte, je ne l'appelai jamais.

Quelques jours plus tard, je rencontrai l'ami qui avait organisé le double rendez-vous, et il s'excusa auprès de moi.

« Je suis désolé, l'autre jour, de t'avoir amené un laideron pareil. J'avais prévu de te présenter une fille très mignonne mais elle a fait faux bond à la dernière minute, alors je n'ai pas eu d'autre choix. Pas de remplaçante convenable. Ma copine aussi est désolée pour toi. La prochaine fois, on tâchera de faire mieux ! »

Après ces excuses ainsi formulées, je décidai d'appeler cette fille. Elle n'était certes pas jolie. Mais elle n'était pas non plus juste un *laideron*. Cela faisait tout de même une sacrée différence. En tout cas, je ne voulais pas en rester là. C'était pour moi, comment dire… une question cruciale. Une question de délicatesse. Peut-être ne désirais-je pas qu'elle devienne ma petite amie. Vraisemblablement pas. Mais je pourrais la revoir et bavarder avec elle. De quoi… ? Je l'ignorais mais n'importe quel sujet ferait l'affaire.

Je ne voulais pas qu'elle soit réduite à n'être qu'un *laideron*. Impossible cependant de retrouver la feuille de papier où était inscrit son numéro de téléphone. Je pensais l'avoir glissée dans la poche de mon manteau mais elle n'y était pas. Peut-être l'avais-je jetée par erreur en même temps que des tickets de caisse inutiles. Oui, j'avais dû faire cela. En tout cas, je ne pouvais pas l'appeler. J'aurais pu demander à mon ami le numéro de la pension, mais cela me déplaisait de le solliciter après ce qu'il m'avait dit.

J'avais oublié cet incident depuis bien longtemps. Et je ne voyais pas l'intérêt de m'en souvenir. Mais tandis que je rédigeais ce texte à propos de F* et de son physique, cette petite aventure me revint soudain à l'esprit. Avec une grande netteté.

Alors que j'avais tout juste vingt ans, à la fin de l'automne, j'eus donc un rendez-vous avec une fille pas très belle, et nous fîmes une promenade en début de soirée dans un parc. Dans un petit troquet autour d'un café, je lui décrivis avec force détails les sonorités du saxophone alto d'Art Peppers, de quelle façon le musicien tirait de son instrument de merveilleux grincements. Il ne s'agissait pas d'une prestation musicale due au hasard, poursuivis-je, c'était l'expression d'un état mental de la plus haute importance pour lui (oui, j'utilisai alors ces termes…). Et un peu plus tard, je perdis à tout jamais la feuille de papier avec son numéro de téléphone. Inutile de préciser que « à tout jamais » désigne un temps très long.

Ce ne furent là que deux minuscules événements qui se déroulèrent au cours de mon existence insignifiante.

Rétrospectivement, je dirai que ce n'étaient que de brefs détours. Même s'ils ne s'étaient pas produits, ma vie ne serait pas différente de ce qu'elle est à présent. Mais parfois ces souvenirs anciens me reviennent après avoir parcouru un long voyage, et leur survenue me fait trembler avec une violence inattendue. Tout comme une tempête nocturne de fin d'automne fait tourbillonner les feuilles des arbres de la forêt, couche les épis des miscanthes, cogne brutalement les portes des maisons.

7

La confession du singe de Shinagawa

Il y a de cela environ cinq ans, je fis la rencontre de ce vieux singe dans un *ryôkan*, une petite auberge traditionnelle japonaise, au sein de la station thermale de M*, préfecture de Gunma. Les circonstances m'avaient contraint à passer la nuit dans cet établissement rustique, voire délabré, qui tenait à peine debout.

Comme je vagabondais au gré de mes envies, il était déjà plus de 19 heures lorsque je descendis du train et arrivai dans ce bourg thermal. L'automne était presque achevé, le soleil, couché depuis longtemps, et les lieux étaient baignés de cette obscurité d'un bleu sombre et profond propre aux régions montagneuses. Un vent froid et mordant soufflait depuis les sommets, éparpillant des feuilles aussi grosses que le poing, qui s'abattaient dans les rues en crépitations sèches.

Je déambulai dans le centre de la bourgade, à la recherche d'un endroit où loger, mais aucune des auberges respectables n'acceptait de client après l'heure du dîner. Je tentai ma chance auprès de cinq ou six d'entre elles, mais on m'opposa un refus péremptoire. Pour finir, dans une zone désolée de la périphérie, je tombai sur une pension qui possédait ses bains d'eau chaude, et où l'on voulut bien de moi. Je pouvais passer la nuit là, mais pas dîner. L'auberge en question, déglinguée, miteuse, méritait parfaitement l'appellation d'« hôtel borgne ». Le bâtiment était certes antique mais sans rien du charme pittoresque que l'on pourrait escompter d'un établissement ancien. La maison tout entière était de guingois. On avait sans doute effectué des réparations au fil du temps mais sans tenir compte du bâti d'origine. Il y avait à craindre que la construction ne résiste pas au prochain tremblement de terre. Je pouvais seulement espérer qu'il n'y ait pas de grosse secousse ce jour-là ou le lendemain.

Si l'on ne servait pas de dîner, le petit déjeuner était inclus et le prix par nuitée incroyablement bas. Dans l'entrée se trouvait un simple comptoir derrière lequel était installé un vieillard totalement glabre – il était même dépourvu de sourcils – qui reçut mon paiement à l'avance pour une nuit. L'absence de sourcils faisait que les yeux immenses du vieil homme paraissaient briller étrangement, avec une intensité spéciale. À côté de lui, sur un coussin, un gros chat brun, lui aussi sûrement très âgé, dormait profondément. Il devait avoir des problèmes de respiration, car, pour un chat, il ronflait beaucoup trop fort. Parfois, le rythme de ses ronflements manquait un temps. Tout dans cette auberge semblait vieux et au bord de la déliquescence.

La pièce où je fus conduit n'était guère plus grande qu'un placard à futon, la lampe du plafond était faiblarde, et à chacun de mes pas les tatamis grinçaient.

Mais ce n'était pas le moment de faire le difficile. Je devais me réjouir d'avoir un toit sur ma tête et une couette sous laquelle me glisser pour dormir.

Cette chambre n'était pas propice à la détente, aussi posai-je là mon sac à bandoulière – mon unique bagage – et repartis-je vers la bourgade. J'entrai dans un petit restaurant de *sobas* et commandai un dîner tout simple. Je n'avais pas le choix, il n'y avait rien d'autre d'ouvert. Je pris une bière, des amuse-gueule et une soupe de nouilles. Les *sobas* étaient médiocres, le bouillon était tiédasse, mais, encore une fois, pas question de me plaindre. Au contraire, je devais être content de ne pas avoir à dormir l'estomac vide.

Après avoir quitté le restaurant, je songeai à me procurer quelques victuailles de base et une petite bouteille de whisky, mais je ne trouvai aucune supérette ouverte. Il était 20 heures passées, et les seuls endroits en activité étaient des galeries de jeux d'arcade, typiques des petites villes thermales. Il ne me restait plus qu'à regagner l'auberge, à enfiler un *yukata*[1] et à descendre en sous-sol pour prendre mon bain.

En comparaison de l'auberge elle-même et de ses équipements sommaires, l'espace des bains d'eau thermale était étonnamment somptueux. L'eau fumante arborait une teinte d'un vert profond, signalant une absence de dilution des composants minéraux, et l'odeur de soufre piquait bien davantage qu'à l'ordinaire. Je me plongeai dans le bain et me

1. *Yukata* : kimono de coton léger, fourni par les auberges. *(N.d.T.)*

réchauffai jusqu'aux os. J'étais seul (j'ignorais s'il y avait d'autres clients à l'auberge), et j'eus ainsi le loisir de jouir d'une très longue immersion en toute tranquillité. Au bout d'un certain temps, je me sentis légèrement étourdi, et je sortis de l'eau brûlante pour me rafraîchir un peu avant de retourner dans le bassin. Finalement, atterrir dans cette auberge vétuste n'avait pas été un si mauvais choix, me dis-je. Il était sans doute bien plus reposant de se baigner là plutôt que de faire trempette avec un groupe de touristes bruyants, comme c'est souvent le cas dans les établissements plus coquets.

J'étais immergé pour la troisième fois dans le bassin quand le singe fit glisser la porte vitrée – laquelle cliqueta – et qu'il pénétra dans l'espace des bains en articulant à voix basse « Pardon ! ». Il me fallut un certain temps pour prendre conscience qu'il s'agissait bien d'un singe. En raison de l'eau très chaude, j'avais la tête un peu embrumée et puis, comme je n'avais jamais envisagé d'entendre parler un singe, je ne fis pas immédiatement le lien entre ce que je voyais et le fait que oui, ce singe était bien réel. Le cerveau nébuleux, je contemplai un moment sa silhouette à travers les vapeurs diffuses du bassin. L'animal referma la porte derrière lui, redressa ici et là des petits seaux renversés et plongea dans l'eau un gros thermomètre afin d'en vérifier la température. Il fixa intensément le cadran de l'instrument, les yeux étrécis, tel un bactériologiste en train d'isoler une nouvelle souche d'agent pathogène.

« La température de l'eau vous convient ? me demanda-t-il.

— Parfaitement, merci », répondis-je.

Au milieu des nuées vaporeuses, ma voix avait des résonances assourdies et tendres. Elle possédait un timbre pour ainsi dire mythique tout à fait inhabituel et l'on y entendait même comme un écho du passé, surgi du plus profond de la forêt. Et cet écho… non, attendez un petit instant. Pourquoi un singe se trouvait-il là, et pour quelle raison parlait-il le langage des humains ?

Toujours sans élever le ton, le singe m'interrogea de nouveau :

« Désirez-vous que je vous frotte le dos ? »

Il avait la voix claire et séduisante d'un baryton dans un groupe de doo-wop. Pas du tout ce à quoi l'on aurait pu s'attendre. Mais il n'y avait rien d'étrange dans sa façon de parler. Si je fermais les yeux pour l'écouter, j'aurais cru qu'il s'agissait d'une personne ordinaire, enfin, en somme, d'un être humain.

« Oui, merci », répondis-je.

Non que j'aie espéré que quelqu'un vienne me frotter le dos. Mais si je refusais, je craignais qu'il ne se dise : « Ah, je suis un singe, alors il ne veut pas de mes services ! » Peut-être désirait-il simplement se montrer aimable. Je m'interdis donc de heurter ses sentiments ; je ressortis lentement du bassin et m'assis sur un marchepied de bois, présentant mon dos à l'animal.

Celui-ci ne portait aucun vêtement. Ce qui est d'usage chez les singes et ne me surprit en rien. Il paraissait vraiment très âgé. Son pelage était parsemé de beaucoup de blanc. Il prit une petite serviette, l'enduisit de savon et, d'une main experte, se mit à me laver vigoureusement le dos.

« Il a commencé à faire bien froid, remarqua-t-il.

— Oui, en effet.

— Et bientôt, par ici, on aura de belles chutes de neige. Et alors, pour la déblayer, ce ne sera pas du gâteau, je vous le dis ! »

Comme il s'interrompit un instant, j'en profitai pour lui demander :

« Ainsi donc, tu parles le langage des humains ?

— Eh oui, repartit abruptement le singe. » C'était certainement la question que tout le monde lui posait. « J'ai été élevé par des hommes depuis tout petit et, en un tournemain, j'en suis venu à parler leur langue. J'ai vécu très longtemps à Tōkyō, dans le quartier de Shinagawa.

— Où ça dans Shinagawa ?

— Du côté de Gotenyama.

— Ah, c'est un beau quartier !

— Oui. Comme vous le savez, c'est un endroit fort attrayant. Tout près, on a le fameux jardin et j'avais plaisir à profiter de la nature là-bas. »

Notre conversation s'arrêta alors. Le singe continua à me laver le dos avec ardeur (c'était extrêmement agréable), et moi, pendant ce temps, je tentai de mettre de l'ordre dans ma tête, de penser rationnellement. Un singe, élevé à Shinagawa ? Le jardin de Gotenyama ? Un singe pouvait-il vraiment s'exprimer de la sorte, avec autant d'aisance ? Tout de même, il restait un singe. Allons, rien d'autre qu'un singe.

« Moi, j'habitais dans l'arrondissement de Minato », dis-je.

Une réflexion à peu près dépourvue de sens.

« En ce cas, nous étions proches voisins, répondit le singe sur un ton amical.

— Qui étaient les personnes avec qui tu vivais ? le questionnai-je.

— Mon maître était professeur à l'université. Spécialiste de physique, il enseignait à l'université Gakugei de Tōkyō.

— Un intellectuel, donc.

— Oh oui. Il aimait aussi la musique plus que tout, surtout celle de Bruckner et de Richard Strauss. Grâce à lui, j'ai développé un goût prononcé pour ces musiques-là moi aussi. Vous comprenez, je les ai entendues depuis tout jeune. Alors, je les ai assimilées sans m'en apercevoir.

— Tu aimes Bruckner ?

— Oui. Notamment sa *Symphonie n° 7*, et en particulier le troisième mouvement, que j'ai toujours trouvé exaltant.

— Moi, j'écoute souvent sa neuvième », fis-je.

Encore une remarque à peu près inconsistante.

« Oui, c'est vraiment une musique merveilleuse, ajouta le singe.

— C'est donc ce professeur qui t'a appris à parler ?

— Oui. Il n'avait pas d'enfants et, peut-être pour compenser ce manque, il prenait soin de mon éducation, très consciencieusement, dès qu'il en avait le temps. Il se montrait extrêmement patient. Il plaçait l'ordre et la régularité au-dessus de tout. Il était d'un caractère sérieux et avait coutume de dire que la répétition des faits exacts était le véritable chemin vers la sagesse. Sa femme était assez taciturne, mais douce, et elle me témoignait toujours une grande gentillesse. Tous deux s'entendaient bien, et, j'ai un peu de scrupule à le raconter à un étranger, mais je vous prie de croire que leurs nuits pouvaient être assez agitées.

— Tiens donc ! » fis-je.

Le singe avait finalement fini de me laver le dos.

« Merci de votre patience, dit-il en inclinant la tête poliment.

— C'est moi qui te remercie, répondis-je. C'était tout à fait agréable. Et donc, tu travailles dans cette auberge ?

— Oui, en effet. Ici, on me l'a gentiment autorisé. Dans de grandes et belles auberges, jamais on n'engagerait un singe ! Mais dans celle-ci, ils manquent toujours de main-d'œuvre, alors, du moment qu'on se rend utile, ils se moquent que ce soit un singe ou n'importe qui d'autre. Pour un singe, la paye est minime, et on me laisse travailler pourvu que je reste le plus possible hors de la vue des clients. Je m'occupe de l'espace des bains, je fais le ménage, voilà, ce genre de tâches. Parce que les clients, pour la plupart, seraient choqués si c'était un singe qui leur servait le thé. Et puis, pas question non plus de travailler en cuisine, j'aurais des problèmes avec la loi sur l'hygiène alimentaire.

— Cela fait longtemps que tu es employé ici ?

— Environ trois ans, je pense.

— Mais avant d'atterrir ici, il t'est sûrement arrivé toutes sortes d'aventures, non ? » lui demandai-je.

Le singe approuva de la tête.

« Oh ça, on peut le dire. »

J'hésitai un peu, puis je me décidai :

« Si ça ne t'ennuie pas, j'aimerais bien que tu me parles de ton passé. »

Le singe réfléchit un instant.

« Eh bien, c'est entendu. Mes histoires ne sont peut-être pas aussi intéressantes que vous l'espérez, mais je pourrais vous rendre visite dans votre chambre quand j'aurai fini mon service, à 22 heures, si cela vous convient ? »

Je lui répondis que j'étais d'accord et que je lui saurais gré d'apporter de la bière par la même occasion.

« Oui, bien sûr. Une bonne bière fraîche. Est-ce qu'une Sapporo vous irait ?

— Oui, par exemple. Et toi, tu bois de la bière ?

— Ma foi, ça m'arrive.

— Alors, s'il te plaît, apporte-nous deux grandes bouteilles.

— D'accord. Et votre chambre, c'est celle que l'on appelle "*Araiso*" et qui se situe au premier étage ?

— Oui, c'est bien ça.

— C'est un peu étonnant, vous ne trouvez pas ? Une auberge dans la montagne avec une chambre nommée *Araiso*, "la Côte sauvage" ? » s'esclaffa le singe.

C'était la première fois que je voyais un singe rire. Sans doute cet animal pouvait-il rire, ou même pleurer, à certains moments. Puisqu'il savait parler, pourquoi aurais-je dû être étonné ?

« Au fait, tu as un nom ? lui demandai-je.

— Non, pas vraiment. Tout le monde m'appelle le Singe de Shinagawa. »

Il manœuvra les panneaux coulissants, se retourna, se courba poliment, puis referma la porte avec lenteur.

Peu après 22 heures, le singe apparut dans la chambre *Araiso*. (À moi comme au singe, l'appellation était incompréhensible. Cette chambrette misérable ressemblait plutôt à un placard, et rien ne la rattachait à un rivage escarpé.) Le singe avait dans les mains un plateau, sur lequel étaient disposés deux bouteilles de bière, un tire-bouchon, deux verres, des crackers à la seiche et un sachet de *kakipi*, des demi-lunes aux cacahuètes. Ce singe était parfaitement attentionné.

Cette fois, il était habillé. Il arborait une épaisse chemise à manches longues ornée du slogan *I ♥ NY*, et un pantalon de jogging gris, vraisemblablement de vieux vêtements d'enfant que quelqu'un lui avait donnés.

Comme il n'y avait rien dans la chambre qui puisse faire office de table, nous nous installâmes côte à côte par terre, sur des coussins très fins, en nous adossant au mur. Le singe déboucha une bouteille et emplit nos verres. Et nous trinquâmes en silence.

Après quoi, le singe déclara : « Merci pour la boisson ! » et avala joyeusement la bière glacée. Je bus à mon tour quelques gorgées. Pour être honnête, je jugeai un peu singulier de me retrouver assis à côté d'un singe et de boire de la bière en sa compagnie, mais après tout, ce n'était sans doute qu'une question d'habitude.

« Ah, rien ne vaut une bonne bière après le travail ! remarqua-t-il en s'essuyant la bouche du revers velu de la main. Mais, en tant que singe, j'ai bien peu d'occasions d'en boire.

— Tu habites ici même ?

— Oui. Il y a une pièce, une sorte de grenier, où on me laisse dormir. Bon, il y a bien des souris de temps en temps, et il est difficile d'être vraiment tranquille, mais n'oublions pas que je suis un singe. Je suis donc content d'avoir un matelas pour dormir et trois repas par jour. Enfin, même si c'est loin d'être le paradis… »

Comme l'animal avait terminé son premier verre, je lui en versai un autre.

« Je vous remercie ! dit-il poliment.

— Tu n'as pas vécu seulement avec des humains ? Tu as bien côtoyé aussi tes congénères… je veux dire, d'autres singes ? » lui demandai-je.

J'avais énormément de questions à lui poser.

« Oui, à plusieurs reprises. » Son visage s'assombrit un peu tandis que les rides autour de ses yeux se marquaient plus fortement. « Pour différentes raisons, un jour, j'ai été forcé de quitter Shinagawa et on m'a expédié dans le parc aux singes de Takasakiyama. Au début, j'ai cru que je pourrais vivre là-bas en paix, mais en fin de compte, les choses ont mal tourné. J'avais grandi dans un foyer d'humains, chez ce professeur d'université et sa femme, et avec les autres singes – de braves gars, certes – je ne pouvais pas donner libre cours à mes sentiments. Nous n'avions aucun intérêt commun et la communication n'était pas facile. “T'as une drôle de façon de parler”, disaient-ils. Ils m'asticotaient, et même, ils me persécutaient. Les femelles gloussaient dès qu'elles me voyaient. Les singes sont une espèce très sensible à la moindre différence. Ils trouvaient mes comportements comiques, ça les contrariait ou parfois ça les mettait en rage. Petit à petit, rester là-bas a été trop dur pour moi et j'ai décidé de me séparer du groupe, d'aller vivre seul ma vie ailleurs. Autrement dit, je suis devenu un "singe errant".

— Tu as dû te sentir très solitaire.

— Oh oui. Il n'y avait personne pour me protéger, je devais chercher moi-même ma nourriture pour survivre tant bien que mal. Mais le pire, c'était de n'avoir personne avec qui communiquer. Je ne pouvais parler ni avec les humains ni avec les singes. Un isolement pareil, c'est un fardeau insupportable. Bien sûr, dans ce parc animalier de Takasakiyama, il y a de nombreux visiteurs humains, mais je ne pouvais tout de même pas engager la conversation avec le premier venu, car on me l'aurait fait payer cher. Finalement, je n'étais plus de nulle part, je n'appartenais ni à la société des singes ni à celle des humains. Je me sentais comme déchiré.

— Et sans pouvoir écouter Bruckner.

— Non, cela ne faisait plus partie de mon monde », répondit le singe de Shinagawa.

Il avala encore une gorgée de bière. J'observai attentivement son visage, mais son teint rouge de nature ne rougit pas davantage. Il devait bien supporter l'alcool. Ou bien, chez les singes, l'ébriété n'est peut-être pas visible.

« L'autre chose qui me tourmentait beaucoup, c'était les relations avec les femelles.

— Ah, fis-je. Par "relations", tu veux dire… ?

— Eh bien, pour parler simplement, je ne ressentais pas le moindre désir sexuel pour les singes femelles. J'ai eu des tas d'occasions de les approcher, mais non, honnêtement, je n'éprouvais rien pour elles.

— Les singes femelles ne t'excitent donc pas, alors que tu es toi-même un singe ?

— Exactement. C'est un peu gênant à avouer, mais je ne peux ressentir de l'amour que pour une femme, une humaine. »

Je restai silencieux et terminai mon verre de bière. J'ouvris le sachet de *kakipi* et en attrapai une poignée.

« Tu risques de te fourrer dans de sérieux problèmes.

— Oui. De très sérieux ennuis. Étant donné que je suis un singe, je ne peux espérer qu'une femme réponde à mes désirs, évidemment. Et puis, cela va à l'encontre de la génétique. »

J'attendis qu'il poursuive. Le singe se gratta vigoureusement derrière l'oreille avant de continuer.

« Aussi ai-je trouvé une autre méthode pour satisfaire mes désirs inassouvis.

— Une autre méthode, c'est-à-dire ? »

Le singe fronça les sourcils avec force. Sa face rouge devint plus sombre.

« Peut-être que vous ne me croirez pas, reprit-il. Ou plutôt, devrais-je dire, c'est sûr que vous ne me croirez pas. Mais, à partir d'un certain moment, j'ai commencé à voler les noms des femmes dont j'étais tombé amoureux.

— Tu voles leurs noms ?

— Oui. Je ne sais pas très bien pourquoi, mais il semble que j'aie en moi ce don. Lorsque je le désire, je peux voler le nom d'une personne et me l'approprier. »

Je fus de nouveau submergé par une sensation d'effarement.

« Je ne suis pas sûr de comprendre. Quand tu dis que tu voles le nom de quelqu'un, est-ce que cela signifie que cette personne a totalement perdu son nom ?

— Non. Ces femmes ne perdent pas leur nom en totalité. Je n'en vole qu'une partie, un fragment. Une fois que je m'en suis emparé, leur nom devient plus léger, moins substantiel. Comme lorsque le soleil se voile et que votre ombre sur le sol se fait plus pâle. Et puis, cela dépend des personnes, mais certaines peuvent ne pas s'apercevoir de cette perte. Elles ont juste le sentiment que quelque chose ne va pas.

— Mais d'autres s'en rendent parfaitement compte, n'est-ce pas ? Qu'une partie de leur nom a été dérobée ?

— Oui. Il y en a, bien sûr. Parfois, elles constatent qu'elles ne se souviennent pas de leur nom. Ce qui est plutôt embêtant, oui, très gênant même, comme vous l'imaginez. Ou elles ne reconnaissent pas leur nom comme tel. Dans certains cas, elles souffrent de ce qui se rapproche d'une crise d'identité. Tout cela est ma faute, parce que j'ai volé leur nom. J'en suis profondément désolé. Souvent je sens en moi le poids de ma culpabilité. Je sais que c'est mal, mais je ne peux m'en empêcher. Je ne cherche pas à me trouver des excuses mais c'est ma dopamine qui me force à agir ainsi. "Vas-y, m'ordonne-t-elle, vole ce nom ! Allez, c'est pas illégal !"»

Je croisai les bras et j'observai le singe un moment. La dopamine ? Puis je lui dis :

« Les noms que tu voles, ce sont seulement ceux des femmes que tu aimes ou que tu désires sexuellement, n'est-ce pas ?

— Oui. Vous avez raison. Je ne vole pas le nom de n'importe qui, au hasard.

— Combien en as-tu volés ? »

Avec un air des plus sérieux, le singe se mit à faire les comptes sur ses doigts, tout en marmonnant je ne sais quoi. Puis il releva la tête.

« Au total, sept. J'ai volé sept noms de femmes. »

Était-ce beaucoup ? Ou pas tant que ça ? Qui pourrait le dire ?

« Et comment t'y prends-tu ? lui demandai-je. Enfin, si ça ne te gêne pas de me raconter.

— Il s'agit avant tout d'une question de volonté. De pouvoir de concentration. D'énergie psychique. Mais cela ne suffit pas. Il me faut une chose tangible avec le nom de la femme en question inscrit dessus. L'idéal, c'est la carte d'identité. Ou bien un permis de conduire, une carte d'étudiante, une attestation d'assurance, un passeport. Ce genre de document. Un badge avec le nom, ça fonctionne aussi. En tout cas, j'ai besoin d'un objet réel. En règle générale, je le dérobe. Je n'ai pas d'autre moyen de procéder. Étant un singe, je suis plutôt doué pour me faufiler dans la chambre de ces femmes quand elles sont sorties. Je cherche quelque chose qui porte leur nom, je le dérobe et je m'en vais.

— Et pour voler le nom de la femme, tu te sers donc de l'objet qui lui appartient, en parallèle avec ta volonté.

— Exactement. Je fixe longuement le nom, je concentre dessus toutes mes émotions et j'absorbe en moi le nom de la femme que j'aime. Cela prend beaucoup de temps, c'est épuisant mentalement et physiquement, mais en y insufflant toute mon énergie, je finis par y parvenir. Et ainsi, une part de cette femme devient une part de moi-même. Ce faisant, mon amour sans issue trouve une manière de se réaliser.

— Sans qu'il y ait d'acte charnel ? »

Le singe eut un brusque mouvement de la tête.

« Bien que je ne sois qu'un singe, jamais je n'aurais de comportement aussi bestial. M'approprier le nom de la femme que j'aime me satisfait pleinement. J'admets qu'il y a là quelque chose d'un peu pervers, et pourtant il s'agit d'un acte totalement pur et platonique. J'éprouve de l'amour pour ce nom lové en mon cœur, caché au secret, juste pour moi. C'est comme une brise tendre qui souffle doucement sur une prairie.

— Oh… fis-je, impressionné. D'une certaine façon, on pourrait dire qu'il s'agit de la forme ultime de l'amour romantique.

— Oui. Exactement, mais en même temps, c'est la forme ultime de la solitude. Comme les deux faces d'une médaille. Elles sont à tout jamais collées ensemble et à tout jamais inséparables. »

Notre conversation marqua alors une pause. Nous

restâmes silencieux à boire notre bière et à grignoter des *kakipi* ou des crackers de seiche.

« As-tu volé un nom récemment ? » lui demandai-je.

Le singe secoua la tête. Puis il pinça entre ses doigts une touffe de poils raides de son bras. Comme s'il voulait s'assurer qu'il était bien un vrai singe.

« Non, répondit-il, je n'ai volé le nom de personne récemment. Après être arrivé dans cette ville, j'ai décidé de mettre ce genre d'inconduite derrière moi. Grâce à cela, l'âme de ce petit singe a trouvé la paix. Je chéris tendrement les noms des sept femmes en mon cœur et je mène une existence tranquille et sans trouble.

— J'en suis heureux, dis-je.

— Je sais que cela vous paraîtra impertinent, mais accepteriez-vous que je vous donne mon opinion à propos de l'amour ?

— Bien entendu. »

Le singe cligna des yeux à plusieurs reprises, généreusement. Ses cils épais ondulaient de haut en bas, telles des palmes sous le vent. Il prit une profonde inspiration, de celles qu'un athlète de saut en longueur prend avant sa course.

« Je crois que l'amour est le carburant indispensable pour que nous puissions continuer à vivre. Il est possible qu'un jour un amour prenne fin. Ou bien qu'il n'aboutisse pas, mais même si l'amour s'évanouit, s'il n'est pas partagé, vous pourrez garder le souvenir d'avoir aimé, d'être tombé amoureux de quelqu'un. Et ce souvenir est une source précieuse de chaleur. Sans cette fontaine ardente, le cœur des humains – et aussi celui des singes – se transformerait en un désert stérile et glacé. Un lieu où il n'y aurait pas le moindre rayon de soleil, dans lequel ni les fleurs vives de la paix ni les arbres n'auraient l'espoir de pousser. Ici, dans mon cœur, je chéris les noms de ces sept belles femmes que j'ai aimées. » Le singe avait posé la paume sur sa poitrine velue. « Ces souvenirs, je les utiliserai comme mon modeste carburant qui brûlera durant les nuits froides et me réchauffera tandis que je vivrai ce qu'il me reste d'existence personnelle. »

Là-dessus, le singe rit de nouveau. Puis, à plusieurs reprises, il secoua légèrement la tête.

« Un peu étrange, n'est-ce pas, cette façon de parler : "existence personnelle" ! Quelle contradiction ! Car je ne suis pas une personne, mais un singe, ha, ha, ha ! »

Il était 23 h 30 lorsque nous eûmes terminé les deux grandes bouteilles de bière. Le singe m'annonça alors qu'il devait se retirer.

« Je me suis senti tellement bien que j'ai dû me montrer trop bavard, je crois. Pardon !

— Non, pas du tout, tes histoires étaient très intéressantes », répondis-je.

En fait, « intéressant » n'était sans doute pas le mot juste. Boire une bière avec un singe et discuter avec lui, c'était plutôt une expérience des plus baroques. Et quand ce même singe vous confiait sa passion pour Bruckner et vous expliquait que ses pulsions sexuelles (ou son amour) le poussaient à voler des noms de femmes, ce n'était plus seulement intéressant, mais carrément loufoque. Cependant, ne voulant pas attiser plus que nécessaire les émotions du singe, je préférai utiliser ce terme apaisant.

Alors que nous allions nous séparer, je lui donnai un billet de 1 000 yens en guise de pourboire.

« Ce n'est pas beaucoup, lui dis-je. Mais offre-toi donc avec quelque chose de bon à manger ! »

Le singe commença par refuser, mais comme j'insistais, il accepta le billet, le plia soigneusement et le glissa dans la poche de son pantalon.

« Je vous remercie mille fois. Vous avez écouté mes grotesques histoires de singe, vous m'avez régalé avec de la bière, et maintenant encore, ce joli geste. Je ne peux dire combien j'y suis sensible. »

Il remit les bouteilles vides et les verres sur le plateau et emporta le tout en sortant de la chambre.

Le lendemain matin, je quittai l'auberge pour regagner Tōkyō. Le singe était invisible. Au comptoir, à la place du vieillard inquiétant sans cheveux ni sourcils, se tenait une femme grasse, d'un certain âge, fort peu avenante. Le vieux chat aux ronflements hoquetants n'était pas là non plus. Quand je voulus régler les bières de la veille au soir, la grosse femme m'affirma catégoriquement que rien de tel n'apparaissait sur ma facture. D'ailleurs, dans cette auberge, on ne vendait pas de bière en bouteille. Il n'y avait que les canettes du distributeur automatique.

Une nouvelle fois, je me sentis gagné par un sentiment de confusion. Un peu comme si des fragments de réalité et d'irréalité permutaient au hasard. Pourtant, j'étais sûr d'avoir bu deux grandes bouteilles de Sapporo avec le singe, pendant qu'il me contait l'histoire de sa vie.

Je pensai parler du singe à la femme renfrognée, puis j'y renonçai. Peut-être que cet animal n'avait aucune existence réelle et que tout n'avait été qu'illusion de ma part, résultat de mes longues immersions dans l'eau brûlante. Ou peut-être avais-je simplement rêvé. J'avais fait un rêve étrange, très réaliste. Si je commençais à dire : « Vous avez bien comme employé un vieux singe qui sait parler ? », ç'aurait paru extravagant, ou pire, j'aurais eu l'air d'un fou. Ou alors, le singe travaillait au noir, et, sous peine d'alerter le service des impôts et celui de la santé, l'aubergiste ne pouvait le reconnaître publiquement (une hypothèse très vraisemblable).

Pendant le trajet de retour en train, je récapitulai mentalement tout ce que le singe m'avait raconté. Autant que ma mémoire me le permettait, je notai les moindres détails dans un cahier que j'utilisais pour mon travail, et je me dis qu'une fois à Tōkyō je reprendrais l'ensemble, du début à la fin.

Si le singe existait réellement – c'était ainsi que je le voyais, et pas autrement –, je ne savais pas jusqu'à quel point je devais tenir pour vrai ce qu'il m'avait confié quand nous buvions notre bière. Il était difficile de porter un jugement sensé à propos de sa confession. Était-il vraiment possible de voler des noms de femmes et, de la sorte, de se les approprier ? Était-ce un don spécial que seul ce singe de Shinagawa avait reçu ? Qui pourrait affirmer que l'animal n'était pas un menteur pathologique ? Évidemment, je n'avais à ce jour jamais entendu parler de singes mythomanes, mais après tout, s'il était capable de parler le langage des hommes avec autant d'aisance, il pouvait également savoir mentir à la perfection.

Cependant, j'avais interviewé bien des gens dans le cadre de mon travail et j'étais devenu plutôt doué pour flairer qui était crédible et qui ne l'était pas. À certains indices ou certains signaux, on peut, par intuition, éprouver la bonne foi d'un homme (d'une femme), si la conversation est assez longue. Or, je n'avais pas eu l'impression que le singe de Shinagawa m'avait servi des bobards. L'expression de ses yeux, sa physionomie, sa façon de réfléchir parfois, ses pauses, ses gestes, la manière qu'il avait eue de choisir ses mots, rien ne m'avait paru artificiel ou forcé. Et, plus décisif encore, la franchise absolue, et même douloureuse, dont il avait témoigné pour me faire ses aveux.

Mon plaisant vagabondage en solitaire terminé, je retournai à l'ordinaire survolté de la grande ville. Même lorsque je n'ai pas de gros engagements professionnels, en vieillissant, je suis devenu de plus en plus débordé. Et le temps semble s'accélérer régulièrement. En fin de compte, je ne parlai à personne du singe de Shinagawa, je n'écrivis rien sur lui. J'étais certain qu'on ne me croirait pas. Et j'entendais déjà les remarques : « Ah, tout ça, c'est encore pure invention de ta part ! » Par ailleurs, je ne savais trop sous quelle forme je devrais présenter l'histoire. Elle était trop extravagante pour être narrée telle quelle, et tant que je n'étais pas capable de fournir de preuve – la preuve que ce singe existait –, personne n'y accorderait foi. Et si j'adoptais le biais d'une fiction, l'histoire manquerait de fond et aussi de visée. Avant même d'avoir commencé à écrire, je voyais déjà le visage de l'éditeur alors qu'il aurait fini de lire le manuscrit. « Vous êtes l'auteur, et il m'est pénible de vous poser ces questions, mais, en fait, de quoi parle cette histoire ? Quel en est le thème ? »

Le thème ? Impossible de prétendre qu'il y en ait un. J'évoque juste un vieux singe qui sait parler la langue des humains, qui frotte le dos des clients dans l'espace des bains d'une petite ville thermale située dans la préfecture de Gunma, qui apprécie la bière bien fraîche, qui tombe amoureux de quelques humaines, et qui leur vole leur nom. Où y aurait-il un thème dans tout cela ? Ou un épilogue ?

Avec le temps, les souvenirs concernant cette étrange aventure s'estompèrent. Si vivants que soient les souvenirs, ils ne peuvent lutter contre la puissance du temps.

À présent, cependant, alors que cinq années se sont écoulées, j'ai décidé d'écrire l'histoire du singe de Shinagawa, en m'appuyant sur les notes prises à l'époque. Pourquoi donc ? La raison en est que récemment s'est produit un incident qui m'a donné à y repenser. Sans cela, je ne crois pas que je l'aurais fait.

Cet après-midi-là, j'avais un rendez-vous de travail dans le salon de thé d'un hôtel d'Akasaka. Je devais rencontrer la rédactrice d'un magazine de voyage. Une femme très jolie, d'une trentaine d'années. Petite, de longs cheveux, un teint éblouissant et de grands yeux séducteurs. Très compétente dans son métier. Et encore célibataire. Nous avions travaillé ensemble à plusieurs reprises et notre collaboration avait été fructueuse. Une fois les questions professionnelles épuisées, nous bavardâmes de choses et d'autres autour d'un café.

Son portable sonna, elle me regarda d'un air désolé. Je lui fis un petit signe, mais oui, qu'elle réponde, ce n'était pas un problème. Elle vérifia le numéro de son correspondant et décrocha. Il semblait être question d'une réservation pour un restaurant, un hôtel ou un vol. Elle échangea quelques mots tout en consultant son agenda puis elle me lança un regard incertain.

« Je suis vraiment désolée, murmura-t-elle en couvrant le portable d'une main. Ma question est bizarre, je le sais bien, mais pouvez-vous me dire quel est mon nom ? »

Interloqué, je restai muet quelques secondes puis, l'air aussi détaché que possible, je déclinai son nom et son prénom. Elle acquiesça et transmit son identité à son interlocuteur. Enfin, elle raccrocha et me renouvela ses excuses.

« Je suis tout à fait navrée. Sur le moment, je ne parvenais pas à me souvenir de mon nom. C'est tellement gênant.

— Cela vous arrive quelquefois ? » demandai-je.

Elle parut hésiter puis finalement opina.

« Oui, ces derniers temps, cela m'arrive très souvent. Impossible de me rappeler mon nom. C'est comme un black-out.

— Il y a d'autres choses dont vous ne vous souvenez pas ? Par exemple, votre date de naissance, votre numéro de téléphone, un mot de passe ? »

Elle fit signe que non, vigoureusement.

« Absolument pas. J'ai toujours eu une très bonne mémoire et je n'oublie pas un seul anniversaire de mes amis. Et pas une fois je n'ai oublié le nom de quelqu'un. Mais quand il s'agit du mien, parfois, il m'arrive de ne plus m'en souvenir. Je ne comprends pas. Deux ou trois minutes plus tard, cela me revient, mais durant ces deux ou trois minutes, c'est un vide très gênant. Je suis terrorisée. Comme si je n'étais plus moi-même. »

Je hochai la tête en silence.

« Pensez-vous qu'il pourrait s'agir des premiers symptômes d'un alzheimer ? »

Je soupirai.

« D'un point de vue médical, je l'ignore. Mais depuis quand ce trouble s'est-il manifesté ? Le fait de brusquement oublier votre nom ? »

Elle réfléchit un instant en fermant les yeux à demi.

« Je crois que cela fait à peu près six mois. Je me souviens que c'était juste quand j'étais allée admirer la floraison des cerisiers. C'était la première fois.

— Je vais vous poser une question étrange mais à cette époque, aviez-vous perdu quelque chose ? Un document comme une carte d'identité, un permis de conduire, un passeport, une carte de Sécurité sociale ? »

La bouche serrée, elle se plongea dans ses pensées.

« Oui, répondit-elle. Maintenant que vous le dites, c'est à cette époque justement que je n'ai plus retrouvé mon permis de conduire. Je m'étais assise sur un banc dans un parc pour la pause déjeuner. Mon sac était posé à côté de moi. Je me remaquillais la bouche et, un instant après, mon sac avait disparu. C'était incompréhensible. Ce sac, je ne l'avais quitté des yeux que quelques secondes, et durant ce temps, je n'avais senti aucune présence ni entendu le moindre pas. J'ai regardé tout autour de moi, il n'y avait personne. Tout était tranquille dans le parc, et si quelqu'un était venu voler mon sac, je m'en serais forcément aperçue. »

Je ne répondis rien, attendant la suite.

« Mais il y a autre chose de curieux. Ce même après-midi, j'ai reçu un appel de la police m'informant que mon sac avait été retrouvé. Il avait été déposé juste devant un petit poste de quartier, non loin du parc. L'argent liquide était toujours là en totalité, ainsi que mes cartes de crédit et mon portable. Seul mon permis de conduire avait disparu. Les policiers eux-mêmes n'en revenaient pas : "Comment ça ! Ne pas voler le cash et dérober un permis de conduire, et en plus déposer volontairement le sac devant le poste de police !" »

Encore une fois, je soupirai doucement et, bien sûr, restai silencieux.

« Cela s'est passé à la fin mars. Je me suis immédiatement rendue au bureau des permis de conduire, à Samezu, pour qu'on m'en refasse un nouveau. L'incident dans son ensemble était franchement incroyable, mais heureusement, le dommage n'était pas bien grand. Samezu n'est pas éloigné de mon lieu de travail, et cela ne m'a pas pris beaucoup de temps d'y aller.

— Samezu est bien situé dans Shinagawa, n'est-ce pas ?

— Oui, à Higashi Oi. Notre société se trouve à Takanawa, et en taxi, on y est tout de suite. »

Elle me lança un regard interrogateur.

« Vous pensez qu'il y aurait un lien ? Entre le fait que j'oublie mon nom et le vol de mon permis de conduire ? »

Je secouai vivement la tête. Pas question que je lui raconte tout de go l'histoire du singe de Shinagawa. Si je me lançais là-dessus, elle voudrait sûrement savoir où était ce singe, et peut-être même irait-elle jusqu'à l'auberge pour le rencontrer en personne.

« Non, non, il n'y a aucun rapport. Cela m'est juste passé par la tête, parce que nous venions de parler de votre nom », répondis-je.

Elle me regarda d'un air peu convaincu. Il me restait pourtant une question importante à lui poser, même si je savais qu'elle était risquée.

« Est-ce que récemment il vous est arrivé de voir des singes ?

— Hein ? Des singes ? Comment ça ? En liberté ?

— Oui. Des singes vivants. »

Elle fit signe que non.

« Je ne crois pas. Cela fait des années que je n'ai pas vu de singe, je pense. Que ce soit dans un zoo ou ailleurs. »

Le singe de Shinagawa avait-il repris ses agissements coupables ? Ou bien un autre singe imitait-il son mode opératoire (un « copy monkey ») ? Ou bien encore était-ce quelqu'un d'autre ?

Je ne voulais vraiment pas croire que le singe de Shinagawa avait recommencé à « voler des noms ».

Il m'avait affirmé clairement que ces sept noms lovés en lui le comblaient et qu'il était heureux de vivre en paix le reste de ses jours dans cette petite ville thermale de la préfecture de Gunma. Il semblait réellement le penser. Mais peut-être souffrait-il d'une maladie psychique chronique, que la raison était impuissante à contenir. Et peut-être que sous l'effet de ce trouble – sans oublier sa dopamine – il avait entendu cet ordre : « Allez ! Vas-y ! » Peut-être que tout cela l'avait poussé à revenir à Shinagawa et à retomber dans sa mauvaise habitude.

Peut-être devrais-je m'y essayer, moi aussi. Les nuits d'insomnie, cette pensée saugrenue me traversait parfois l'esprit. Je me procurerais la carte d'identité ou le badge personnalisé d'une femme que j'aimais, je me concentrerais dessus avec toute mon énergie psychique, je m'approprierais ainsi son nom et, de la sorte, je posséderais une partie d'elle. Qu'éprouverais-je alors ? Non, cela n'arrivera jamais. De nature, je ne suis déjà pas très adroit et il me paraît peu vraisemblable que je sois capable de voler quoi que ce soit. Même s'il s'agit d'un objet insignifiant, même si ce vol n'est pas vraiment illégal.

La forme ultime de l'amour, la forme ultime de la solitude. Depuis, chaque fois que j'écoute une symphonie de Bruckner, je songe à « l'existence personnelle » du singe de Shinagawa. Je l'imagine endormi, enveloppé dans une mince couette, dans le grenier de l'auberge miteuse de la petite ville thermale. Et je repense aux *kapiki* et aux crackers à la seiche que nous avons grignotés ensemble, adossés côte à côte contre le mur en buvant notre bière.

Je n'ai plus revu la jolie rédactrice du magazine de voyage et j'ignore donc quels ont été son destin et celui de son nom. Je peux seulement espérer que rien de vraiment douloureux ne lui est arrivé. Elle était totalement innocente, après tout. Rien n'était de sa faute. Je me sens un peu mal à l'aise à ce sujet, mais je ne peux toujours pas me résoudre à lui raconter l'histoire du singe de Shinagawa[1].

1. Voir la dernière nouvelle du recueil *Saules aveugles, femme endormie* : Haruki Murakami a déjà mis en scène ce singe de Shinagawa, animal doué de parole et kleptomane d'un genre particulier. Un désir irrépressible le pousse à voler le nom de la femme dont il est amoureux. *(N.d.T.)*

8

Première personne du singulier

J'ai rarement l'occasion de porter un costume. Deux ou trois fois par an tout au plus. Si je n'en porte pas, c'est parce que je me trouve fort peu souvent en situation de devoir être ainsi vêtu. Étant donné le style de vie que j'ai choisi, une veste décontractée me suffit. Cravate et chaussures de cuir sont inutiles.

Mais parfois, même s'il n'y a à cela aucune nécessité, je me sens prêt à enfiler un costume, à nouer une cravate. Pour quelle raison ? Quand j'ouvre mon armoire pour vérifier quels vêtements je possède (je l'ignorerais sinon) et que je vois ces costumes que je n'ai guère portés depuis que je les ai achetés, les chemises toujours dans la housse du pressing et les cravates jamais nouées, je ressens une certaine compassion pour tous ces articles. Je m'apprête alors à en essayer quelques-uns. Je tente de nouer des cravates, l'une après l'autre – nœud simple ou double –, pour voir si j'en suis encore capable. Mais je n'agis de la sorte que lorsque je suis seul. Je n'ai donc pas à me justifier.

Une fois ainsi accoutré, j'estime dommage de me

dévêtir tout de suite et je décide donc, en costume-cravate, de faire une petite promenade en ville. Et mes sensations ne sont pas si déplaisantes. L'expression de mon visage et ma démarche me paraissent un peu différentes de ce qu'elles sont habituellement. Je trouve revigorant d'échapper de cette manière à mon quotidien. Mais après une heure de déambulation dans les rues, l'attrait de la nouveauté s'estompe peu à peu. Je me sens soudain fatigué de ma tenue. Ma cravate me serre le cou, j'ai la gorge qui me démange et mes chaussures en cuir claquent et résonnent trop fort sur le bitume. À peine rentré à la maison, je me déchausse, j'ôte mon costume et tout ce qui va avec, chemise, cravate, j'enfile un vieux sweat-shirt, un jogging et je m'allonge sur le canapé. Ah, un vrai soulagement. Ce rituel secret ne peut durer plus d'une heure. Il est parfaitement inoffensif et je ne vois pas pourquoi je devrais m'en sentir coupable.

Ce jour-là, j'étais seul à la maison. Ma femme dînait dans un restaurant chinois. Moi, je ne mange jamais de plats chinois (je suis, semble-t-il, allergique à certaines des épices utilisées). Aussi, quand elle a envie d'aller dans un restaurant chinois, elle invite une de ses amies.

Après avoir avalé un repas sommaire, je posai sur la platine un vieil album de Joni Mitchell que je n'avais pas écouté depuis longtemps et m'installai confortablement dans un fauteuil avec un thriller. Mais alors que c'était un de mes disques préférés et le livre, la dernière publication d'un de mes auteurs favoris, il me fut impossible de me concentrer sur la musique ou sur la lecture. Je pensai à regarder un film, mais je n'en trouvai aucun qui me fasse envie. Certains jours, c'est comme ça. Vous avez du temps devant vous, vous voulez vous offrir un petit plaisir mais rien ne vous tente alors qu'il y a des choses innombrables que vous aimeriez faire… Je tournais en rond sans dessein arrêté quand il me vint l'humeur d'essayer un de mes costumes.

J'étalai sur le lit un costume bleu sombre Paul Smith, acheté plusieurs années auparavant (j'en avais eu alors besoin, mais je ne l'avais porté que deux fois), et je choisis une chemise et une cravate assorties. La chemise était de coupe wide-spread, gris clair, et la cravate, signée Ermenegildo Zegna, ornée de fins motifs cachemire. Je l'avais achetée à la boutique hors taxes de l'aéroport de Rome.

Ainsi équipé de pied en cap, je me campai devant le grand miroir et m'examinai. Pas mal. En tout cas, à première vue, rien ne clochait.

Pourtant, pour je ne sais quelle raison, je ressentis alors comme une impression de malaise, voire de culpabilité, à contempler mon reflet. De la *culpabilité* ? Comment dire ? Cela ressemble peut-être à la mauvaise conscience qu'éprouve celui qui vit en ayant maquillé son curriculum vitae. Même si ce n'est pas à proprement parler contraire à la loi, il s'agit d'une fraude, moralement discutable. Une conduite qui entretient un sentiment d'inconfort, dont rien de bon ne ressort, et à laquelle cependant il est impossible de se soustraire. Un sentiment qui s'apparente peut-être au malaise des hommes qui portent en secret des vêtements de femme, enfin, je ne sais pas.

Bref, quand j'y pensais, je trouvais cela étrange. Je suis adulte depuis bien des années, je remplis ma déclaration d'impôts tous les ans, j'en règle le montant sans délai, jusqu'à ce jour, je n'ai pas commis d'infractions autres que de légères entorses au code de la route, mon niveau d'éducation est à peu près correct, il se trouve que je sais qui, de Bartók ou de Stravinski, est le devancier (ce que peu de gens savent). Et les vêtements que j'arbore à présent ont été acquis honnêtement – du moins, pas illégalement –, tous payés avec les revenus tirés de mon travail quotidien. Personne ne pourrait me pointer du doigt en criant au scandale. Alors, pour quelle raison faut-il que je ressente cette culpabilité ou ce malaise moral ? Je me dis que tout le monde doit connaître des jours comme ça. Il y a des soirs où il arrive que Django Reinhardt ne pince pas la bonne corde, des après-midi où Niki Lauda a eu tort de changer de vitesse (je suppose). Je résolus donc de cesser mes ruminations. Et, ainsi vêtu, en costume, avec aux pieds mes Cordovan noires, je sortis faire un tour en ville. J'aurais pourtant mieux fait de suivre mon intuition, de rester à la maison et de regarder tranquillement un film. Mais cela, je ne le compris que plus tard, avec le recul.

C'était une agréable soirée de printemps. Une pleine lune éblouissante flottait dans le ciel. Sur les arbres alignés le long de la rue, de jeunes pousses vert tendre commençaient à apparaître. Un temps parfait pour une promenade. Après avoir arpenté les rues un moment, je décidai d'aller boire un cocktail quelque part. Mais pas question de me rendre dans mon bar habituel. Je préférai pousser plus loin et dénicher un établissement où je n'avais jamais mis les pieds. Car là où j'étais connu, le barman ne manquerait pas de remarquer : « Eh bien, que se passe-t-il aujourd'hui ? C'est rare de vous voir en costume-cravate ! » Et je serais bien ennuyé de lui donner une explication (d'autant qu'au fond, il n'y en avait pas).

Il était encore tôt dans la soirée et le bar situé en sous-sol était presque vide. Il y avait seulement deux clients, des hommes d'une quarantaine d'années, assis dans un box. Avec leurs costumes sombres et leurs cravates discrètes, des *salarymen*, sans doute, qui s'accordaient une pause en sortant du bureau, avant de rentrer chez eux. Ils parlaient à voix basse, têtes rapprochées. Sur la table, des documents. Peut-être discutaient-ils du travail. Ou peut-être de courses de chevaux. En tout cas, cela ne me concernait en rien. Je m'installai au comptoir à l'endroit le plus écarté et le mieux éclairé possible (afin de pouvoir lire) puis je commandai au barman d'un certain âge, portant un nœud papillon, une vodka gimlet.

Dès que le cocktail glacé fut posé devant moi sur son dessous de verre en papier, je sortis mon roman policier de ma poche. Il m'en restait environ un tiers à lire. Malheureusement, l'intrigue n'était pas aussi passionnante que d'ordinaire. En outre, je ne parvenais pas à comprendre les relations des personnages entre eux. Malgré tout, en partie par devoir, en partie par habitude, je poursuivis ma lecture. Je n'ai jamais aimé abandonner un livre en cours de route. Et puis, qui sait ? Peut-être y aurait-il à la fin une évolution soudaine et intéressante. Même si je n'y croyais pas tellement.

Je parcourus une vingtaine de pages en buvant lentement ma vodka gimlet mais, pour une raison inconnue, je n'arrivais pas à me concentrer. Pas plus qu'à la maison. Et ce n'était pas seulement en raison de la faiblesse du roman. Il y avait dans ce bar une atmosphère paisible – pas de musique superflue, un éclairage tamisé, bref, un environnement idéal. Sans doute était-ce plutôt dû à ce vague malaise que je traînais depuis un certain temps. J'avais l'impression qu'un *écart* subtil s'était produit. Mon être intérieur ne semblait pas correspondre à mon apparence extérieure. Comme si le contenu ne rentrait pas dans son contenant. J'étais en désaccord avec moi-même. Un sentiment qui ne m'était pas étranger et qui déferlait en moi de temps en temps.

Le mur en face du comptoir était garni d'étagères sur lesquelles s'alignaient toutes sortes de bouteilles d'alcool. Et à l'arrière était disposé un grand miroir dans lequel apparaissait mon reflet. En fixant ce miroir, bien entendu, je me fixais moi-même. Et soudain m'envahit le sentiment de m'être trompé quelque part sur la trajectoire de ma vie. Alors que je me contemplais vêtu de ce costume, avec cette cravate, ce sentiment devint de plus en plus fort. Plus je me regardais, plus il me devenait évident que ce n'était pas moi que je voyais mais quelqu'un d'autre, que je ne reconnaissais pas.

Pourtant, s'il ne s'agit pas de moi, alors, qui est là, reflété dans le miroir ?

Jusqu'à ce jour, j'ai pris dans mon existence plusieurs tournants décisifs – comme presque tout le monde, certainement. J'ai pu obliquer vers la droite ou vers la gauche. Et chaque fois j'ai pu préférer l'une ou l'autre direction. (Il y avait en général une raison évidente derrière ce choix, mais pas tout le temps, loin de là. En outre, ce n'est pas toujours moi-même qui ai opéré cette sélection. Il y a eu des situations où celle-ci s'est imposée à moi, de l'extérieur.) Et maintenant, je suis ici. Ici, en un sens, je suis quelqu'un qui existe à la « première personne du singulier ». Si je m'étais décidé pour une autre direction, je n'aurais probablement pas été là. *Mais qui donc est dans ce miroir* ?

Je fermai mon livre, détournai les yeux du miroir. Et le temps de respirer profondément à plusieurs reprises, le bar s'était soudainement peuplé. Une femme s'était installée sur ma droite, à deux tabourets d'écart. Elle buvait un cocktail indéfinissable, d'une couleur vert pâle. Elle ne semblait pas avoir de compagnon. Ou bien peut-être attendait-elle quelqu'un. Faisant mine de lire, je l'observai à la dérobée dans le miroir. Elle n'était plus toute jeune. La cinquantaine environ. Elle ne semblait pas faire d'effort pour dissimuler son âge. Elle avait sans doute suffisamment confiance en elle. Petite, mince, les cheveux courts, une coupe seyante. Vêtue avec élégance. Une robe à rayures, faite dans un tissu qui paraissait soyeux, et un cardigan de cachemire beige. Sans prétendre qu'elle était jolie, elle dégageait une impression de plénitude. Jeune, elle avait sûrement été très attirante. Beaucoup d'hommes avaient dû être séduits. Ses manières libres et détachées en conservaient le souvenir.

J'appelai le barman, lui commandai une seconde vodka gimlet. Tout en grignotant quelques noix de cajou, je retournai à mon livre. De temps à autre, je portais la main à mon nœud de cravate, comme pour m'assurer qu'il se maintenait bien serré.

Un quart d'heure plus tard, la femme était assise sur le tabouret à côté du mien. Tous les sièges au comptoir étaient à présent occupés et les nouveaux clients l'avaient obligée à se déplacer. Elle était visiblement seule. À la lumière du plafonnier, je lus encore quelques pages, mais l'histoire restait aussi peu captivante.

« Excusez-moi », me dit soudain la femme.

Je levai les yeux et la regardai.

« Vous paraissez plongé dans votre livre, puis-je cependant vous poser une petite question ? »

Pour une femme si menue, sa voix était grave et profonde. Pas vraiment froide mais je n'y percevais pas non plus d'accent amical ou avenant.

« Oui, bien sûr, ce que je lis n'est pas particulièrement intéressant », répondis-je.

Je refermai mon thriller après y avoir inséré un marque-page.

« Ça vous plaît, ce que vous faites là ? » me demanda-t-elle.

Je ne comprenais pas tout à fait ce qu'elle voulait dire. Je me tournai, penchai la tête pour examiner son visage bien en face. Il m'était parfaitement inconnu. Même si je ne suis pas très doué pour me souvenir du visage des gens, j'étais à peu près sûr de n'avoir jamais vu cette femme auparavant. Elle était de celles que l'on n'oublie pas.

« *Ce que je fais ?* répétai-je.

— Porter un costume élégant, être assis seul au comptoir d'un bar, vous adonner tranquillement à la lecture en buvant un gimlet. »

Je ne comprenais toujours pas où elle voulait en venir. Je sentis cependant qu'il y avait dans ses paroles une bonne dose d'hostilité ou de malveillance. Je l'observai et j'attendis qu'elle poursuive. Curieusement, son visage n'exprimait rien. Elle ressentait sûrement quelque chose mais elle semblait décidée à ne rien laisser transparaître, ou du moins, à me cacher ses émotions. Elle demeura longuement silencieuse. Une pleine minute durant, je pense.

« Une vodka gimlet, dis-je, pour briser le silence.

— Pardon ?

— Ce n'est pas un gimlet, mais une vodka gimlet. »

Ma remarque était peut-être futile, il n'empêche, entre les deux cocktails, il y avait une nette différence.

Elle eut un hochement de tête rapide. Comme pour chasser une mouche agaçante.

« Peu importe. Vous vous croyez distingué ? Vous vous voyez comme un habitant raffiné d'une grande ville ? »

Peut-être aurais-je dû régler ma note et disparaître au plus vite. Ç'aurait été la meilleure réaction face à une situation de ce genre, je le savais. Cette femme, pour une raison quelconque, en avait après moi. De toute évidence, elle me provoquait, même si j'ignorais ce qui la poussait à le faire. Peut-être était-elle simplement mal lunée. Ou peut-être qu'une part de moi, en tant qu'être humain, avait stimulé dans un sens négatif ses terminaisons nerveuses, les avait irritées. Quoi qu'il en soit, les chances de parvenir à un résultat satisfaisant avec une interlocutrice pareille étaient proches de zéro. Le plus sage était de dire « pardon », de me lever en souriant (le sourire n'était pas obligatoire), de payer l'addition rapidement et de déguerpir. Je n'avais strictement aucune raison de ne pas agir de la sorte. Par nature, je ne suis pas mauvais perdant et je n'adore pas les conflits inutiles. J'opte en général pour une retraite paisible. Mais à ce moment-là, pour un motif que j'ignore, ce ne fut pas la fuite que je choisis. Quelque chose m'en empêcha. Comme si j'étais animé par une certaine curiosité.

« Excusez-moi, mais est-ce que nous nous connaissons ? » lui demandai-je hardiment.

La femme étrécit les yeux et me considéra comme si j'étais un oiseau rare. Les rides au coin de ses paupières se creusèrent.

« Si nous nous connaissons ? dit-elle après avoir saisi son verre (je crois me rappeler que c'était le troisième) et bu lentement une gorgée de son cocktail (dont j'ignorais toujours la composition). *Nous connaître ?* Quelle drôle d'idée d'utiliser cette expression ! »

Je fouillai de nouveau dans mes souvenirs. Aurais-je déjà rencontré cette femme ? Ma réponse était pourtant la même : Non. Je ne l'avais jamais vue auparavant.

« Il se peut que vous me confondiez avec quelqu'un d'autre », repris-je.

J'entendais ma voix, curieusement sèche, dénuée

d'inflexion, laquelle, je ne sais pourquoi, ne me parut pas être la mienne. La femme eut un rire froid.

« C'est ce que vous aimeriez bien croire, n'est-ce pas ? »

Puis elle reposa sa fine coupe de cristal de Baccarat sur le dessous de verre.

« Vous avez là un bien beau costume, continua-t-elle. Mais il ne vous va pas bien. On dirait que vous l'avez emprunté. La cravate n'est pas en accord avec le costume. L'un et l'autre se font du tort mutuellement, en quelque sorte. La cravate est italienne et le costume, certainement anglais.

— Vous vous y connaissez vraiment question vêtements.

— Je m'y connais vraiment question vêtements ? » répéta-t-elle comme un peu surprise, la bouche légèrement ouverte. Elle me fixa d'un air sérieux. « Qu'est-ce que vous racontez ? Allons, c'est évident. »

Évident ?

Mentalement, je passai en revue les gens de ma connaissance qui travaillaient dans la mode. Il y en avait très peu et c'étaient tous des hommes. Ce que disait cette femme n'avait absolument aucune logique.

Et qu'y avait-il là d'*évident* ?

Je songeai à lui expliquer pour quelle raison je portais ce soir-là un costume et une cravate, mais j'y renonçai. Son agressivité à mon égard ne serait sûrement pas apaisée par mes précisions. Au contraire, je risquais d'ajouter de l'huile sur le feu de sa colère. Je bus le reste de ma vodka gimlet et descendis tranquillement de mon tabouret.

« Je ne crois pas que vous me connaissiez, en réalité », dit-elle.

J'opinai en silence. Non, en effet.

« Directement, poursuivit-elle, nous ne nous sommes vus qu'une seule fois. D'ailleurs, nous n'avons pas parlé ensemble, et vous ne vous en souvenez donc pas. Vous aviez alors l'air occupé par d'autres choses. Comme toujours. »

Comme toujours ?

« Mais je suis l'amie d'une bonne amie à vous, continua-t-elle d'une voix tranquille mais résolue. Cette amie, ou plutôt, devrais-je dire, cette femme, qui fut autrefois une très bonne amie pour vous, éprouve à présent du dégoût à votre égard, tout comme moi j'en éprouve aussi, et tout autant qu'elle. C'est ce que l'on ne peut qu'éprouver. Réfléchissez. Pensez à ce que vous avez fait il y a trois ans, quelque part au bord de l'eau. Pensez aux actes terribles, atroces, que vous avez commis. Honte à vous ! »

Cette fois, c'en était trop. J'attrapai presque par réflexe mon livre, dont il ne me restait que quelques pages à lire, et le glissai dans la poche de ma veste. J'avais pourtant perdu toute envie de le terminer depuis longtemps.

Je jetai en hâte quelques billets pour régler ma note et je partis sans me retourner. La femme ne dit pas un mot de plus, elle se contenta de me suivre d'un regard dur. Je le sentis jusqu'à la sortie. C'était comme si des aiguilles transperçaient le tissu coûteux de ma veste Paul Smith et infligeaient à mon dos des blessures profondes. Tout en montant les marches de l'escalier étroit qui menait au rez-de-chaussée, je tentai de mettre un peu d'ordre dans mes pensées. Aurais-je dû avoir une discussion avec elle sur place ? Aurais-je dû exiger d'elle des explications ? Son accusation était totalement injustifiée. Et je n'avais d'ailleurs aucun souvenir d'actes répréhensibles.

Mais cela m'avait été impossible. Pourquoi ? Je crois que j'avais peur. J'étais saisi d'angoisse à la pensée qu'un *je*, qui n'était pas le vrai moi, ait fait quelque chose d'horrible à une femme – une femme que je ne connaissais pas –, il y avait de cela trois ans, « quelque part au bord de l'eau ». Et j'avais peur aussi que quelque chose à l'intérieur de moi, dont j'ignorais tout, soit exposé en pleine lumière. Plutôt que de me confronter à cette situation, j'avais fait le choix de quitter mon siège en silence et de m'éloigner après avoir subi ce réquisitoire injuste (j'étais forcé de penser qu'il était injuste).

Avais-je pris la bonne décision ? Referais-je le même choix si la même situation se reproduisait ? Mais où pouvait donc se trouver ce « bord de l'eau » dont elle avait parlé ? Il y avait une résonance étrange dans cette expression. S'agissait-il de la mer ? D'un fleuve ? Ou était-ce un rivage spécial ? Je n'avais aucun souvenir de m'être trouvé quelque part au bord de l'eau trois ans plus tôt. Et trois ans auparavant, au fait, c'était *quand* exactement ? Je ne pouvais même pas me le représenter. Tout ce que cette femme avait dit était concret, et en même temps extrêmement symbolique. Chacune de ses paroles était claire, mais l'ensemble manquait de cohérence. Une mystérieuse distorsion qui me portait sur les nerfs.

En tout cas, une sensation affreusement désagréable

me restait dans la bouche. Comme quelque chose que l'on veut essayer d'avaler sans y parvenir ou que l'on tente de recracher sans y parvenir non plus. J'aurais aimé me mettre simplement en colère si j'en avais été capable. Le comportement agressif de cette femme ne reposait sur rien. La façon dont elle m'avait traité était fondamentalement injuste. Ç'avait été une agréable soirée de printemps jusqu'à ce qu'elle apparaisse. Pourtant, bizarrement, je ne ressentais pas de colère. Une vague de confusion et d'incertitude avait temporairement balayé tous mes sentiments, ou du moins tout raisonnement.

Arrivé en haut de l'escalier, une fois sorti à l'air libre, je vis que ce n'était plus le printemps. La lune aussi avait disparu. Ce n'étaient plus les rues dont j'avais l'habitude. Même les arbres étaient méconnaissables. Et autour de leurs troncs s'enroulaient de gros serpents visqueux, telles des guirlandes vivantes. Le frottement de leurs écailles était terriblement bruyant. Sur les trottoirs, de la cendre blanche était accumulée jusqu'à hauteur des chevilles et les passants sans visage, hommes ou femmes, soufflaient depuis leur arrière-gorge une haleine jaune soufre. L'air était glacé, je relevai le col de mon costume.

« Honte à vous », dit la femme.

TABLE DES MATIÈRES

#lisez ! engagé
Pour plus d'information :
www.lisez.com
Imprimé sur du papier issu de forêts gérées durablement.

10/18 – 92 avenue de France, 75013 PARIS

Imprimé en France par
CPI Brodard & Taupin

N° d'impression : 3054347
X08130/03